それぞれの春

岡橋 隼夫

もくじ

それぞれの春

1

三月も半ばの十五日、司信二《つかさしんじ》はその町を訪ねた。四十数年ぶりのことである。名古屋駅からどう行けばいいかも、もう忘れていた。昔は市電があったはずと訪ねて、やっと上飯《かみい》田行きのバスに乗り込んだ。飯田町のバス停には二十分足らずで着いた。

記憶を辿りながら歩いてみる。早足になるとうっすらと汗ばむ温かさだ。東へ歩を伸ばせば主税《ちから》町、さらに進むと東主税町、そのひと筋南が東橦木《しゅもく》町となる。この橦木という字が他所《よそ》から来た人にはなかなかに読みにくく「トウモク町」と訊《き》かれたことが何度かあった。おまけに赤穂浪士たちが集まった廓《くるわ》があったという京都伏見の撞木《しゅもく》町と違って、シュの字が木扁なのである。物の本には明治の官員様の書き誤りがそのままになったのだとあった。

懐かしい思いになるはずだったその町名が消えていた。「なべてものは往時のすがた、マインの河もネッカー河も。されど人のみ変わりたる……」（注1）とハイデルベルクで、ハインリッヒは嘆いたけれど、ここでは町名が消えていた。どこもかしこも徳川町なのである。

それでも町筋は変わっていない。南へもうひと筋下ると平田町の停留場が見えてきた。やさしい字でどなたも聞くまでもなくヒラタ町と読んでしまう。名古屋に越してきた時もそう読んで、住居に辿り着くまでにずいぶんと時間がかかったものだった。実はヘイデン町、犬山城主だった平岩某の院号である平田院《へいでん》にちなむ名乗りだという。

平田町の交差点が見えてきたところで、司は足を止めた。三メートル近いこぶしの木が四本並んでいる。梢には白い花がポッポッとついている。歳時記に「立ち並ぶ」とこぶしの花を形容した子規の句があったのを思い出した。（以前、そう、四十数年前にも、この辺りに立って、何度か高曇る空を仰いだことがあった）

司は自分の記憶を探ってみる。白い花の一つ一つが、次々と稚い《いとけ》笑顔に重なる。目をつぶれば今はっきりと聞こえてきた。朴歯《ほおば》の下駄で揚々と歩いてくる音だった。

立ち並ぶこぶし眩しき幼き日

2

白線帽にマント、太い白鼻緒の朴歯下駄が当時の高校生の三点セットである。もうひとつ、腰の左に長い手拭を垂らしている。その手拭を外しもせず顔のところまで持ってきて、にじむ汗をぬぐう。勢いよく歩く司には昂ぶる思いがあった。大阪の中学を四年修了で名古屋の高校へ入学し、寮に入ることになったのが昭和十九年三月の末。荷物を片づけてから司は小学校の頃に住んでいた町へひとりで繰り出した。

前年、学徒動員令が発令された。十月に東京では学徒兵の雨中行進があった。徴兵猶予の恩典も不要不急の学問とされる文科系からは取り上げられた。おまけに徴兵年齢も一年引き下げられている。その情勢では司のように高校の文科を選んで入ってくる者は限られていた。泥縄式に科学尊重が叫ばれ理科系は採用人員も増えていたし、何よりも徴兵猶予の恩典が据えおかれていた。生徒だけでなく、親たちも我が子に理科を選ばせるのが風潮であった。

司が文科を選んだのは、まだ自分の年齢なら兵隊になるまでに余裕があるはずと踏んでいたことが最大の理由だったが、中学での漢文教師の言葉にも影響されていた。

父は保険会社に勤め三、四年おきには転勤となった。それが出世コースというわけで、現在のように単身赴任ということはまずなかったから、司信二も幼い頃からあちらこちらにと住まいを変わっている。生まれたのが鹿児島で、ものごころのついたのが京城《ソウル》、小学校の入学式が広島で卒業式が名古屋、中学も名古屋で上がったがすぐ大阪へ転校することになった。

その中学は大臣となった海軍大将や、後に連合艦隊司令長官にまで進んだ中将を、先輩として誇っていた。海軍兵学校や陸軍士官学校への希望者が多い学校だった。昭和十八年の正月、型のごとく式典が運んだ後、演壇に紺の制服を着て腰に短剣を吊った海兵の生徒が上がった。先輩のひとりである。次いで同じような格好の海兵在学生やカーキ色の制服の陸士生徒たちが相次いで壇上に登場した。太平洋戦争での緒戦の輝かしい戦果を称える者もあれば、マレーにおける山下兵団の快進撃を強調する者もいたが、彼らは挨拶の終わりが近づくと決まって声を張り上げ、「貴様たちを待っているぞ」「我々に続け」と叫ぶのである。

後世の史実ではすでに前年の大晦日にガダルカナル島撤退が決定しており、いよいよ守勢へと追い込まれていたのだが、国内では関門海底トンネルの開通に、科学技術の粋の発揮と万歳が叫ばれ、愛国百人一首なるものも発表されて戦意を煽っていた。昭和十七年度の銑鉄の生産が前年度を大きく上回っていたことも当時の国民の心情を語るものであったろう。壇上の先輩たちの言に生徒たちのすべてが興奮の渦に巻きこまれていくのは無理からぬことであった。

司の担任は漢文の白水教師だった。講義はしばしば脱線した。愛国百人一首に採り上げられた平野国臣の歌を挙げて「わが胸の燃ゆる思ひに比ぶれば煙も薄し桜島山」と歌った、この人の燃ゆる思いが国を愛するものというわけだが、「これは恋の歌にもなりますな」といってニヤッとした。

それよりも「皇《すめろぎ》の御楯となりて鬼だにもとりひしぎけむ武士《もののふ》あはれ」の歌がいい、「あはれ」というところになんともいえぬ味わいがあると語ってくれた。

かと思うと、名古屋の名門県立中学の生徒が全員予科練を志望したという新聞記事をとり上げて「こういうことでそわそわしてはいけません。よく考えて自分の道を選ぶことです」と説き、「文科系が不要な学問ということはありません。現に帝大法学部をトップで卒業した方は徴兵猶予が認められました。これからの時代に必要な人材と国が認めたのです」と教えてくれたりした。

司信二は中学では剣道部に籍を置いていた。新年の式典のあと、道場へ急ぐ。稽古に休みはなかった。勇ましい挨拶があったためか、この日の練習では竹刀の撃ち合う音も一段と激しく気合も鋭かった。小一時間もたった頃、「よーし、それまで」と主将の杉野の声がかかった。

「今日はこれから二、三年生の紅白試合を行なう」

道場内はちょっとざわついたが、すぐ静かになった。司は（まずいことになったな）と一瞬思った。というのも、人数の都合から、三年ではひとりだけ段位のない司が、二年で次の初段と衆目の一致している太田と対さねばならなかったからである。

試合が進むにつれてなにかいつもと違う空気を司は感じていた。朝の興奮が尾を引いているのか、激しい気合から撃ち込むものの、間合いも隙もあったものではないのだ。「メーンッ」「コテッ」と声は出ているが、いずれも不十分だ。ぶつかり合って相打ちになることがやたらと多い。出番が近づいてきて、司は妙に落ち着いてきた。ふと相手の太田を見ると、心なしかそわそわしている。（やっこさん、相当焦っているな）と司はみてとった。気が楽になった。

「やあーっ」

「オオーッ」

正眼に構えて、太田も司も相手を威嚇するように気合を発する。一歩出れば一歩退く。剣尖がわずかに触れ合う。司はツと退りながら心持ち小手を空けてみた。同級の滝山が先日抜き面という技を教えてくれたのを思い出したからである。小学校から剣道場に通いじきに二段になると噂の滝山には、司の不器用さが腹立たしく、「こうやってみたら」といって小手を空けて司に撃ち込ませた。その撃ち込みを手元に竹刀を引いてかわし、そのまま振りかぶって相手の面を撃つ技を教えてくれたのである。司は焦り気味の太田にこれを試してみたのだ。

「コテッ」太田が得たりとばかり撃ち込んでくる。すかさずかわして「面ッ」と司が応じた。

「オッ！」というように喚声が道場内に湧いた。見事すぎるほどに決まっていた。予想に反する勝敗に軽い驚きが走ったようだ。「面あり、それまで」杉野の声に太田は小首を傾げながら退く。（ちょっとうまくゆきすぎだな）と司は首をすくめた。自席に戻ると滝山がボンと肩を叩いた。「お蔭さんで」と小声で応じながら司は頭を下げていた。

弟子どもに押され気味なる寒稽古

3

稽古着を着替えているとき、ひょろりと背の高い男が覗いた。山田という先輩だった。東京の高校へ進んだと聞いていた。

「先輩、道場ではマントを脱いで下さいよ」

杉野が（しょうがないな）という口調で言った。

「おいおい、これは俺の制服だぜ」

山田はニコニコしながら振り返る。「ゾル公（注2）、あ、これじゃわからんか。海兵や陸士の奴が制服で入ってきたらお前はそれを脱げというのか」

「敵わないな、先輩には」杉野は言いながらも「あの人たちだって外套は脱ぎますよ」とひとりごとのように言う。

「よしよし、ここはお前の顔を立てて」と山田は妙な理屈は引っ込めてマントを取った。

「先輩は今朝の挨拶に来られなかったのですね」杉野の質問に山田はニヤリとした。

「俺の挨拶じゃあ校長が困るからな」

ニヤニヤしながら目が司にとまると、「君はどこの学校へ行くの」と声をかけてきた。

「名古屋の高校です」

答えながら、司は教師の一人からも同じことをきかれたことを思い出していた。そのとき「高校です」と答えたら「どうして海軍を受けないのか」となじるように言われた。

「目が悪いんです」

「目が悪くても機関学校とか経理学校とかいろいろあるぞ」と重ねて言われた。

「軍人になるつもりはありませんから」と逃げたが、ちょっと気まずい状況だったことを思い出していた。

「ほう、今どき珍しいな。それで文科か理科か」と訊いてきた。

山田の襟にSと理科の徽章が金色に光っているのを見ながら「はい、文科です」と答えると、山田は一段とうれしそうな顔になった。

「ますます珍しい。自信はあるのか」

山田の問いに、ずいぶんあの時の教師とは勝手が違うなと安堵していた。

「あります。大仏さんが請け合ってくれました」

担任の白水教師は黒子が額のところにひとつあってそう綽名されていた。司の進学希望を聞いて「実力が発揮できればたいてい大丈夫」と言ってくれたのを思い出していた。

「へえー、あの白水さんがね」

山田はひとりうなずきながら「まあ、みんなが興奮している中でお前は冷静だったものな。あの調子で試験を受ければいいのさ」

司を凝《じ》っと見据えるようにして「高等学校というのはいいところだぞ」と付け加えてニ

コッとした。

4　先輩のことばの熱き受験前

高校は地元の大阪にもあった。京都や兵庫、岡山の高校へも何人かの先輩が進んでいた。上司があえて名古屋を選んだのは、この地に故郷に似た思いがあったからである。小学校の二年から卒業までを過ごした町であった。

あの時は市電の平田町の駅で降りた。加瀬久美子の家を訪ねたのである。寮に落ち着いたあと、すぐに外出した。そこまでの動きは早かったが、駅を降りてからにわかにためらいの気持ちが強くなった。ここまできてしまったことに軽い後悔があった。（手紙ひとつ出したこともないのに）と思ったり（まだ覚えていてくれているかな）と不安にもなった。

（大丈夫さ、大阪へ越すことになった時、名古屋のホームで微笑みながら手を振ってくれたじゃないか）と言いきかせてみる。（高校生になったのだから大威張りさ）と意気込む思いもあったが、（不審な顔をされたら落ち込むだろうな）と勝手に悩んでもいた。

案ずるよりはなんとやらで、歓迎されるというほどではなかったが、それでも加瀬の家に上がり、昔の話に花を咲かせた。

書方という今のお習字の時間に清書の紙に筆を落としてしょげ込んでいたら、隣りの席から「これを使って」と白い紙をサッと渡してくれたこと、クラスは一緒でも男子と女子は全く別々に遊んでいたこと、休み時間にサッカー――たしかその頃は蹴球といったのだけれど――で誰かが蹴ったボールが女の子たちが遊んでいる中に入り込んでしまい、どうしていいかオロオロしていたら、久美子が拾ってポーンと投げ返してくれたことと、話は続いた。

「あのとき司さんはお礼も言わなかったわ」と久美子が睨む。

「そうだったかな」思わぬ詰問に司はドギマギした。

「そうよ、三秒ぐらいボールを持ってぽかーんとしていたわ」

しきりに首をひねっている司を見ながら、久美子は（昔と同じように、冴えない人だわ）と思ったが、口には出さなかった。

紀元二千六百年（注3）という年に司たちは中学入試を受けたのだが、この年は、内申書と口頭試問、それに簡単な体操の実技だけが合否の基準となって、司はなんと県立も私立も落ちてしまった。

無理もなかった。東郷平八郎と乃木希典の肖像写真を並べて「見てどう思うか」と訊かれ、司は何を答えてよいかわからず、だんまりを通してしまった。「大きくなったら兵隊さん、末は大臣大将か」といった当時の風潮とは遠い幸せな（？）家庭で育ったためもあったろう。それにしても可愛気のない機転のきかない少年だった。あれは「こういう立派な軍人のように僕もなりたい」とか「こんな偉い軍人がいたので日本は立派な国になったのです」とか言わせるつもりだったのだと、さすがに気が付いている。

さりとて今の司でも、そうは答えなかったろう。だから（落ちるべくして落ちた）と納得しているが、あの時は教師を恨み呪った。内申書に悪く書かれたのだと思い一日中泣いていた。

そんな日が二日ほどつづいていたとき、ひょっこり加瀬の父親が訪ねてきて司の母親に裏口入学のことをそっと教えてくれた。司の両親はブツブツ言いながら、大口の寄付をすることで落ちたはずの私立に拾いあげてもらった。入学式には出られなかった。もう間に合わなかったのである。級友たちには三日ほど遅れて、司信二はやっと中学一年になった。

それだけに司はこの学校で周りの人が目をみはる努力をした。一学期の終わりには早くもクラスの首席となり補欠入学だったと知っている級友たちが目を丸くした。成績順に席を並ばせるこの学校では「ドンケツが一番になったか」と教師まで話題にし、覗きにきた。司たちが受験した翌年には学科試験も併用のことと入試は旧制に近い形にもどったのだから、司のような思いをした生徒はあるいはかなりの数が出ていたのかもしれない。

司信二の努力は、大阪でもつづいた。そのゆえに晴れて高校生となれたのだろうが、合格が決まった時、親よりも先に加瀬の家にお礼を言いたかった。あの時浪人をしていれば今の僕はなかったのだとの思いがあった。

久美子の家を訪ねて、やっと重い荷物を肩から下ろした気持ちになった。

雪どけに肩の荷下ろし吐息かな

5

高等学校は一日一日が新鮮な驚きであった。中学では四修で高校入学の秀才と言われていたのに、「なんだ、四修か」とここでは軽く見られた。現在では大学に一浪で入るとヒトナミというそうだが、旧制の高校ではせめて一浪ぐらいでないと幅がきかなかった。人生経験のない青い奴とひとくくりにされてしまう。生きることへの悩みを吐露し己れの考え方をきちんと持つ者でなければ、この学校では相手にされなかった。

たった一クラスしかない文科が第一外国語を何にするかで甲と乙に分かれた。甲が英語、乙がドイツ語である。実はその他に国語と独語を選ぶ科があり、英語は敵性語といわれている時代ということもあって、この科を選ぼうとした級友が十名ほどいた。担任の金田教授は国語担任だったが、この希望に顔色を変えて語気を荒らげた。

「高等学校へ入って学ぼうという君たちがなぜ英語を避けるのですか。」

十名の生徒は中国とタイ国からのそれぞれ留学生二人を除いて甲類に編入されることに

なった。

「せっかく英語をやらずにすむと思ったのに」

というぼやきがもれたが金田さん——高校生は教授にはすべて親しみをこめて「さん」付けで呼ぶのだが——「今アメリカでは日本語の学習が盛んだという話があります。高校生はこれからの時代の人です。戦争のあとを考えて生きなくてはいけません」と諭された。

その金田さんは司たちに万葉集を教えたのだが、例の額田王が歌った

あかねさす紫野行き標野行き
　　野守は見ずや君が袖振る

を解釈させたところ、参考書の訳をそのまま述べる生徒が相次ぎ、金田は腹立たしさを通り越して爆発してしまった。

「それでは訳本を鵜呑みしただけでしょう。あなたの解釈をきかせてください」と海野隆という生徒が叱責された。

この海野は、文科から理科への転科を望む者が多い中で、親や先生のすすめで理科へいったん出した願書を、「僕はどうしても文科へ進みたい」と言って、伝手《つて》を頼って締切りを

過ぎていた願書を文科にあらためて出し直して入学してきた生徒である。金田はその間の事情を知っていただけに期待をかけていた。その生徒が参考書を棒読みして答えたことに我慢がならなかったのである。

「あかねさす」が「紫」の枕ことばになるとは辞書に書いてあります。しかしもともとは「日」や「昼」にかかることが多い。となると、「あかねさす日、紫野を行くと……」と解釈するほうが自然です。「日」が省略されたのではないでしょうか。枕ことばというのは本来意味を持っていたことばです。ここは文字どおりあかね色の日が照り映える紫野に……と解釈するほうがすんなり納得できます。紫野を紫草の咲く野と海野君は解釈しましたが、紫草を君は知っていますか。調べてみましたかと鋭く迫られて、海野はしょんぼりしてしまった。

「紫草は夏に白い小さな花を咲かせます。なぜ紫というかといえば、その根が紫色で、紫色を出す染料として使われるからです」と金田は説明してから「白い雲に強い日射しがあたれば、あかね色にかがやくことがあります。その色がもっと強くなれば紫でしょう。紫雲たなびくということばもあります。額田王はあるいは想像を逞しくして、紫草の白い花が点々と咲いている情景を頭の中で一面に白い花が開いている情景に仕立ててしまったのかもしれません」と結ばれた。

海野がまごついていたとすれば、司信二のほうも混乱していた。東洋史の時間に教授が秦の始皇帝の天下統一の業績を高く評価したのを一生懸命ノートに控え、一週間経って次の時間にいきなりテストをしますといわれて皆と同じように驚いたものの、そこは持ち前の記憶力にものをいわせて答案をかきまくった。ほぼ完璧と思い込んでいたら、答案を返してくれた時に「僕の言ったことをそっくり書いている人が何人かいました。あれは困ります。一週間で僕の言ったことをどれだけ考えてくれるかと期待していたのでがっかりしました。そのまま覚えるだけならなにも学校へ釆なくてもいいのです。そういう人には落第点しか差し上げられない」と言って「講義は聞くだけ、本は読むだけでは進歩がありません」と厳しい口調になった。司は文字どおり身を縮めていた。教師の言うとおりを書いて得意になっていた筆頭の生徒だったからである。評価されたのは海野だけだった。

海野隆と司信二はともに文科に籍を置く数少ない寮生であったことから親しくなった。

話し合ってみてふらふらしながらもお互いに日一日と高等学校のもつ魔力に深くとらえられていくことがわかってきていた。初めてのクラスコンパで、日本人であることは大切だが、僕たちはまず人間として目覚めねばならぬ、と当時としてはちょっぴり危ない意見で共鳴したこともあった。

「俺は今までの自分が恥ずかしかった」と海野が言えば「僕なんかうちのめされてもう立てないと思ったよ」と司が応ずる。「東洋史では君はほめられたじゃないか」と司が言えば、「君はドイツ語ができるからいいじゃないか」と海野が励ますように言う。

「でもないよ。語学も今のところは記憶力だけでなんとかなるけど、先はどうなることか」と不安気であった。文法の教科書をＡＢＣから接続法まで一か月で仕上げてしまう常見さんのドイツ語の授業のスピードにクラスの連中は一様に目を丸くしていた。

「そういえば」海野が思い出したように言う。

「ドイツ語は今度はゲーテのファウストをいきなりやるそうだが、あの初めのところでファウストが俺は哲学も法学も……と嘆くところがあったろう」

「ああ」それならもうドイツ語で覚えるまで読み込んでいるぞ、ハーベ・ヌン・アッハ・

フィロゾフィー・ユリステライ……と口の中で呟いてみる。

「あそこで並べた学問のいろいろだけれど、どうしてフィロソフィーが先に来たか知っているかとこの間、三浪の景浦に訊かれてネ」と海野がつづける。

「哲学は学問の王、そもそも考えること、疑うことを教える学問だから初めにおかれたのだ」と景浦の説を紹介した。「もちろん韻の関係はあるんだろうが、あいつの考え方もなかなか面白い」

「なるほど」とうなずきながら、語句の解釈に汲々としていた司は虚をつかれた思いだった。「俺もボヤボヤしてはおれないぞ」と改めて心に言い聞かせていた。

友集ひ桜の下に語り合ひ

6

寮生活が楽しくなり、友人同士でのお喋りが己を磨くこととつながり始めた頃、工場への動員が始まった。学徒動員というと、学生運動のことかと今では誤解されたりするが、学業を捨て工場へ産業戦士として駆り出されることである。二学期から文科生は二年が市内のN航空、一年が大同町のD製鋼と決められた。

司たちはいつの間にか高校生活にどっぷりと浸かっていた。おまけに寮の外へもほとんど出なかった、というより勉学に追われて遊んでいるどころではなかったのだ。時間がたまに空けば、お互いに「駄弁る」ことで夢中だった。

司や海野に本当の試練がやって来たのは、工場へ動員されてからであった。寮を出て満員の名鉄電車に乗りD製鋼に通い始めたが、三日目で早くも問題が起こった。

海野も司も、工場視察に来た若い少尉にいきなり殴られた。決められた職場が整備係でそこへ話しながら行く途中だった。

「なぜ、敬礼せんのだ！」

若い少尉は怒鳴りつける。これには、海野も司も、すっかり頭へ血が上ってしまった。町へ出て歩くにも、この頃は工場へ通うのにも、ゲートル姿でなければならず、朴歯で歩けない、それに満員電車では本も読めない、ということで日頃から鬱憤がたまっていた。

「僕たちは、あなたが誰かも知りません」

「なぜ殴るのか、理由をいってください」

珍しく二人ともムキになった。これは少尉の威信をひどく傷つけた。

「あなたとは何だ！　少尉殿と言え」

少尉のほうも顔面を紅潮させている。

「あなたは、いったい誰なんですか？」

海野のこの質問は、少尉を激昂させた。ただちに、高校生全員が集められ、工場監督官の大尉も出てきた。金田さんも立ち会いである。

「君たちは、産業戦士なのだ。ここは学校ではない。この少尉には特に君たちの仕事ぶりを視察すべく、本日来てもらったのである。工場へいったんはいった以上、君たちは新人なのだ。先輩に敬礼するのが当たり前ではないか」

監督官は、それで説得できると思っていた。

「それは無茶です。工場で初めて会った顔も知らない人に敬礼はできません」

「工場の中へ入れば、通っている人は、皆先輩だ」

司の質問を切って捨てるように、大尉は言う。事実は、出入りの時に守衛に挨拶をするだけで一日目も二日目もすんでいた。

「わかりました。それでは、工員同士でも、後輩は先輩に敬礼をしないと、殴られるわけですね」

司は意地悪く念を押した。工員たちが中で一々敬礼している姿はなかった。金田教授も立ち会ってみたものの、ことばのはさみようがなかった。自分が発言すれば、やはり生徒たちをかばうだろう。そうなると、学校対工場というよりも、学校と軍の問題になりかねないではないか。

「工員同士の場合は、能率を上げる意味でも一々、そんなことはしておられない」

大尉は答えながら、この反抗的な司という生徒の名前を覚えておこうと思った。

「すると、学生は能率を上げなくてもいいことになりますね」

司は執拗であった。

「何を言うか、貴様は！」

監督官も声を大きくした。

「おまえたち高校生は、そもそもふだんの規律がまるでなっとらん。産業戦士となるためには、まず規律を正すことだ。敬礼を先輩にすることに文句があるのか！」

司はなおも粘ろうとしたが、海野に袖を引っ張られた。

「よせよ、ムダだよ」

低く囁いてきた。監督官はしめくくるように言った。

「今後、こんなことで二度と問題を起こさないように。わかったな」

一同が黙っていると、この大尉は居丈高になり、

「わかったか。わかったら返事をする」

と怒鳴った。すかさず声が上がった。

「わかりましたっ！」

配属将校の息子だという伊藤一夫であった。

「よろしい」

監督官は満足そうにうなずいた。

　ゲートルを投げ捨てたしと汗拭ふ

7

司の工場での配属は、整備係だった。これは、仕上げられた鉄材を積み上げておくだけの作業である。直径は十センチぐらいから二センチぐらいまで、長さは一メートルほどの鉄材を、仕分けして、積んでいけばよいのである。

　仕事の配属をする前に、簡単な体格検査があり、その結果に従って、溶鉱炉、圧延、起重機、グラインダーと配属を決める。事務の本部と体の弱い者が行く整備は、いちばんあとにまわされた。溶鉱炉と圧延が重労働、起重機とグラインダーが中、整備と本部の事務が軽労働というわけだ。事務には景浦が据えられた。三浪もしながら胸の病の疑いもあって徴兵から免れていることで、作業は無理と判断されたのである。伊藤一夫はグラインダー、海野は整備、司はグラインダーということで、いったんは決まったのだが、ここで妙なことが起こった。溶鉱炉を、多米田という生徒が希望したのである。

多米田は整備に決定していたのだが、こんな軽労働ではお国の役に立てないと言って、溶鉱炉に変えてくれと、申し入れをしてきたのである。

「体格検査の結果から言って、君に重労働は無理だよ」

本部の景浦は止めたが、多米田はいっこうに聞き入れない。景浦には彼の心底がわかっていた。同じ通学生の服部徳雄らと一緒に仕事をしたいのであり、どことなく気圧される思いのある寮生の海野とは離れたいのである。ただ表向きは、重労働志願ということの時代では健気とされる形をとっているため、やむなく工場の人に相談することとなった。

工場側は「奇特な高校生がいますな。やっぱり学生さんにお手伝いをお願いしてよかった」

そう答えたが、体格検査表を見て、「溶鉱炉は無理ですね、グラインダーでどうでしょう」

と言い出した。多米田のグラインダーへの配属はこうして決まったが、そうなると、整備は海野一人きりになる。

「整備の補充をどうしますか?」

景浦が質問した。

「そうですね、グラインダーから一人まわしてください。なるべく体の弱いのをね」

工場側の返事に、だから多米田をまわしたのだ、考えることは誰でも似たようなものなのだ、と景浦は思いながら、知らん顔で、整備へ司を配属していた。実を言うと司は、グラインダーを扱う連中ではいちばん体格はよかったのである。司はこの経緯を知らなかったので、配属を言いわたされた時、海野と一緒だということで、大いに意を強くしていた。

「よかったな、また駄弁れるぞ」

司が言うと、

「景浦に礼を言わなくちゃならんな」

海野が笑顔で答えた。この時、初めて司は、景浦の果たした役割を知ったのである。

起重機では、技術も要したし、神経も使う。圧延では、真っ赤に灼熱した鉄材と取り組むのだから、まかりまちがえば、大火傷などの危険もあった。まして溶鉱炉では生命の危険さえともなうのである。その点多米田たちは、グラインダーを使っての疵とり作業だから、さほどのことはない。

「けっこう本も読めるよ」

同じグラインダーの伊藤は、冷静であった。少尉による殴打事件の後でも、

「少し軍隊の要領も、覚えとかないと苦労するよ」

司に声をかけてくれた。こんなことで、目の色変えて争ってみても、何の役にも立たない、自分はとにかく、この時代をやり過ごすためには、卑怯と言われようとなんだろうと、いっこうに構わない。表面はうまく立ちまわるつもりだと忠告してくれた。

仕事が始まってしまうと、級友たちとは別れ別れになってしまいます。司は海野以外とは、ほとんど駄弁る機会がもてなかった。講義も文乙の生徒はドイツ語と教練、文甲は英語と教練であったから、そろって顔を合わせるのは、教練の時間だけだった。週に二時間きりなのである。

教練が週に二時間、語学が四時間というのが話し合いで認められた講義時間である。伊

藤大佐は、いつも一時間ですませて、あとの一時間は自習という形にしてくれた。これは教授たちの間で話し合いがついていることだったが、

「高校の配属将校は、やっぱり違うな」

と、司たちは噂し合った。この人の息子だからクラスの伊藤も右翼のこちこちと見せかけて、けっこう話がわかるのだろうと、海野も思っていた。この時間を利用して、高校生たちは駄弁ることに熱中したのだ。大佐にしてみれば、今でこそ軍人は時と得顔にしているが、自分たちの青春の時には軍縮の声ばかりが高く、電車に乗るのにしてもわざわざ背広に着替えたりしたのである。軍靴の拍車が邪魔になると工場の作業員らしい男に文句をつけられたことだってある。そういう肩身の狭い思いも経験してきているのだ。若い軍人たちが威張りたがる気持ちもわかるのだ。

本部にいる景浦は、食券を配ったり、一日の作業成績の報告をまとめたりするので、級友とはいちばん接触があったようだ。

「司君」

三月ほど経った頃、景浦が、この時間に、海野と司に耳打ちしてくれた。

「整備は仕事を怠けているから、グライダーにまわせ、という声が出ているよ」

海野たちには怠けた覚えはないので、これはいささか心外だった。

「君たちのは、屋外作業だろう」

景浦は声をひそめた。

「雨がひどいとやらない。その点、他の連中は屋内だからね。口ではえらそうなことを言ったところで、やはり作業はきつい。雨降りに遊んでいる連中がいるとわかれば、不愉快というわけなんだな」

それが、どこから出た声か景浦は言わなかったが、たいてい察しはついた。

「いいよ、じゃ雨降りの日は、グライダーを手伝うことにしよう」

海野はあっさり答えた。どしゃ降りの雨は、今までに一日か二日しかなかったのだが、その日、二人が休憩をとるバラック小屋で駄弁っていたのが、服部や多米田たちのグループの目にとまったのに違いなかった。

風死すや影の中にて蹲る《うずくま》

8

八月の末、女子挺身勤労令が公布された。加瀬久美子の通う県立高女も、九月からは、その挺身隊員として、N航空に五年生が動員された。もはや、男女の区別はなく、戦場に征《そ》でたった若者たちの後を埋めなければならなかった。

「でも、工場の仕事なんか、私たちのか弱い手でできるのかしら？」

久美子が言うと、

「あら、女にだっていくらでも仕事はあるわ。流れ作業ですもの。それに女性の細かい神経は、男性よりむしろ優れているのよ」

お茶目な友松好子が答えていた。

「でも、わたしは、男に生まれたかったたな」

大柄な吉田晴江が言った。その体格に相応しく、いつも級友たちのまとめ役を買って出る晴江は、どこかおっとりとしたところがあり、なかなか人望があった。学校のグラウンドの上を、飛行機が爆音を残して飛んでいった。

「天翔ける益良武男《ますらお》羨む　この日頃我が身乙女にあるぞ哀しき」

晴江がソッと呟いた。

「それ、どういうこと？」

いち早く、その呟きを耳にした武本節子が乗り出してきた。

「つまり、男に生まれたら戦場に立てるのにということよ」

晴江はさらっと言う。

「そうかなあ、わたしは女のほうがいいと思う」

武本はしたり顔で言う。

「女でなければ、男の人と結婚できないじゃない」

「当たりまえじゃないの」

晴江は、この級友が、情報屋と綽名されており、いろいろなニュースをあちこちから聞き込んで得意げにしゃべるのを、いつも不快な気持ちで聞いていた。

「そうよ、ところが私たちはこれから、当たりまえでないことをしなくてはならないのよ」

武本はピシャリと言う。

「それに有難いことには、こんど行く工場には、とても素敵な中尉さんがいらっしゃるってことよ」

「それがどうしたの」

相手にしないつもりでいても、晴江もつい武本のニュースに、身を乗り出してしまう。どこからそんな話を耳にするのかと不思議だった。

「素敵な中尉殿とくれば、ここに素敵な女性の登場ということにならないかしら」

晴江は馬鹿らしくなってしまう。それでもこの種のことには、たちまち級友たちが寄ってくる。

「工場というのは、もともと男の人ばっかり。まあ女性はお茶汲み、掃除のおばさん、それくらいのものだったと思うわ」

集まってきた級友たちに、武本は得意げに説明をつづける。

「となると、私たちは、たちまち職場の花、素敵な女性ということになるのでありまーす。ね、みなさん」

同意を求めるように言うと、級友たちがパチパチと手を打った。

「それにもうひとつ、これはとっておきのニュースよ」

もったいぶって武本は、みんなの顔を眺めやる。好奇心を剥き出しにした表情の級友たちを前にして話し出す。

「N航空には、われらが憧れの高校生も動員されているのでありまーす」

わーっと歓声があがった。なんだ、そのことかと、久美子はおかしかった。高校の二年生がN航空に動員されていることは、司からもらった手紙で知らされていた。寮での司の室長である谷山もその一人だとあった。工場で困ったことがあったら、谷山さんに相談してみるといいとも書き加えてあった。

（だからといって私たちは高校生とおしゃべりができるのかしら）

久美子はおかしかった。幼なじみといえる司だって高校生になってからは一度遊びに来たきりではないか。どこか照れくさそうで、話はもっぱら久美子のほうからした。久美子がもう会うこともないだろうと思いながら「左様なら」と手を振ると、きっと振り返って「僕は左様ならは言いません。アウフビーダーゼーエンです。覚えたてのドイツ語を使って得意になっているのではありません。これはまた会いましょうの意味です」と怕《こわ》い顔をしてまるで先生みたいなことを言った。

（あの冴えない人になんだか心を惹かれてしまったのはあれからだわ）と久美子は思い出していた。それからは手紙のほうがいろいろと好きなだけ書けるからとほとんど週報のようにな形で送られて来た。なんだか難しいことばかり書いてあったが、まるで教師のようにドイツ語の二、三行があって解説してあるのが目を引いた。（私に教えるつもりなんだわ）とおかしかった。

「僕はシラノ、こりずにロクサーヌへ手紙します」（注4）とあったときは思わず笑ってしまった。

「いつまでもお名前どおりでいてください」ともあった。

「私はそんなに美人じゃないわ」久美子は呟きながらどこか間が抜けたような司の顔を思い浮かべていた。

（会っていると、妙に気づまりだけど、手紙だと妙に生き生きする人だわ）

ギリシャのパルテノンの神殿のことを書いた手紙があった。

「行ったことはないけれど、あの白い大理石は昼間ではなく夜見るものではないか」と記し、「向こうでは月も冷たい青白さというより暖かい黄色だと聞いたことがあります。その光を受けてパルテノンが映えるとき、きっとギリシャの人たちはあの失われたというオルハリコン（注5）の輝きを思い出すのでしょう」と想像を逞しくしている一節があった。

その手紙を読んだとき、ふっともう一度会って話してみたいと思った。

遅れずに暑中見舞の生まじめさ

9

「さあ、始めましょうか」

久美子はモンペの埃を払って立ち上がる。鉢巻きをきりりと締め直して、ゴム糊に汚れた前掛けをしめた。五年生の久美子は、班長として数人の生徒と作業を共にする。お茶汲みどころか、飛行機の防弾タンクを仕上げる作業だ。

作業開始のベルと同時に、灰色にくすぶっていた感じの工場の建物から、一斉に規則正しいエンジンの響きが伝わり始める。久美子には、それが日本という人間の胸の鼓動のような気がする。その心臓を働かせる血液を送るのが私たちなのだと思う。

熱処理場の煙突が、目前に突っ立っている。その巨大な口から、どこかのんびりした様子で、煙が立ち昇って碧空になびく。ビニール様のカネビヤン（注6）は、毎日貼っても貼っても、すぐに破れる。

「こんなに気泡が入っちゃ、駄目じゃないか！」

検査員の若い工員に、そう叱りつけられることにも慣れてきた。

「こんな出来でどうする、おしゃかだ」

検査員は、女学生がオロオロするのを楽しむ気配さえある。一番タンクの武本の班は、いつも成績がいい。一日に八個ぐらいずつ仕上げてゆく。二番タンクは友松が班長、これはその半分の四個ぐらいだ。三番タンクの久美子の班も、五個がせいぜいで、時には三個という惨めな成績になることもある。

（私自身、気乗りがしないからだろうか）

久美子は、ときどき反省してみる。事実、ふと司のことを思うと放心したようになって、手が休みがちである。休憩時間はただぼんやりと時を過ごす。

もともと、工場というところは、考えることを拒否するようにできている。何ともいえぬ鼻をつく匂い、生暖かい乾燥機の下をとおれば、それだけでも頭が痛くなる。すすけた高い天井からは、薄暗い電灯がぶら下がっている。絶えず蒸気を送る音がし、乾燥機がうるさい唸りをあげる。腰が痛み、足がだるくなる。肉体の苦痛に、思考力は日々に衰えてゆく。

こうした環境に慣れて、騒音を気にかけなくなったら、一人前の産業戦士というわけだ。彼らは無関心に作業を進める。騒音がないと寂しいとまで言う。工場へ配属された日、指導員は相手が女性であることに気を遣って、細かいことまで注意してくれたが、実際に事に当たれば、久美子はたちまち悲鳴をあげたくなっていた。

「巡視！」

入口で大きな声がした。言いあわせたように、緊張が作業場に漂う。武本が言っていた中尉殿がやってくる。本部詰の吉田晴江がその後ろに、かしこまった形で従《つ》いてくる。小隊長役の吉田は、本部にいて、各班からの報告を受け、それを整理して、監督官である中尉殿や工場側へ申告するのだ。

「そのまま作業を続けながら聞け」

中尉は、騒音の中でもはっきり聞きとれるだけの大声で言う。

「今日は、みなさんたちの労を謝して、神風鉢巻をくばる。ただし本数が足りないから、全部にはいきわたらない。成績のよい作業班から順番にくばっていく」

吉田を振り返る。吉田が、成績を記したらしい帳簿と、鉢巻の束を取り出した。

「第一班、武本節子他五名」

帳簿を繰って、中尉は真っ先に武本を呼んだ。元気な返事をして、武本は意気揚々と鉢巻を受け取る。

「よし。お前のところは毎日トップだ。しっかりやれよ」

中尉はうなずきながら微笑する。つづいて第五班が呼ばれ、第七班、八班と、神風鉢巻きが手渡されていく。二班と三班が残ったところで、鉢巻のほうは品切れになった。

「以上で終わりだ。今後は、鉢巻をつけているのが成績のよい班ということが、一目でわかる」

中尉が言い出した。久美子はあわてた。こんな差別をされては困ると思ったのだ。

「中尉殿」手をさっと挙げていた。

「成績が上がれば、私たちも鉢巻がもらえるでしょうか」

質問したのだが、その声は騒音に消されて聞きとれなかったようだ。吉田が中尉に早口に取り次いだ。

「それは考えておく。ただし、女性だからといって、蚊の鳴くような声を出すんじゃない。そんなふうだから、成績が上がらないのではないか」

中尉は久美子のほうをジロリと一瞥して、吉田を従えて立ち去っていく。

「困ったわね」

久美子が溜息と共に呟く。

「仕方がないわ、いくら作っても、合格にしてくれないんだもの」

同じ班の級友が若い検査員のほうをうかがうようにしながら、応じた。

「でも、たくさん作る班もあるんだから」

久美子が言おうとすると、検査員が声を荒らげた。

「手を休めるな、執務中だぞ！」

作業場に声のうるさき西日かな

10

休憩時間に、友松が寄ってきた。

「加瀬さん、ちょっと」

友松に呼ばれて建物の外へ出た。

「神風鉢巻のことで、私、相談があるの」

それは久美子も同じ思いだった。

「問題はあの検査員なのよ」

友松は声をひそめた。各班とも同じ人数で同じ作業をしているのだから、そんなに成績には変わりがないはずだ、合格するかどうかが問題なだけである。あの検査員の心証次第で、成績が左右されていると、友松は口をとがらせた。

「私には思い当たることがあるの」

友松は、日頃の茶目っ気はどこかに消えてしまって、生真面目な表情だった。

「私ね、あの検査員に、食堂で声をかけられたの。こちらに座んなさいって。気味がわるくて、知らんぷりしたの。そうしたらたちまち……」

成績が下がったというのだ。

「私には思い当たることなんてないわ。私がぼんやりしているからいけないんだ、と思ってる」

久美子は答えたものの、自信がなかった。

「綺麗だね」と言われて、無視したことがあった。友松に言われるまでもなく、仕上げタンクの数にそれほど差があるはずはないとわかっていた。あるいは班員の誰かに、似たようなことがあったかもしれない。工場の中でたまたますれ違った高校生が「ガンツ・シェーン」（注7）と言ったことがあった。司からのたびたびの手紙で、久美子には馴染みのことばでもあった。高校生の目にとまる久美子が、若い検査員の目にとまらぬはずがないではないか。

「でも、そんなことで合格不合格を決められたら、たまったもんじゃないわ」

「でしょう？」

友松は、いっそう口をとがらせた。

「武本さんの班なんか、気泡が入っていても合格なんて言われるのよ」

「それ、ほんと？」

久美子は驚いた。少なくとも、私たちは飛行機の防弾タンクを作っているのではないか、検査がいい加減では困る、ましてそんな検査の成績を基準に、神風鉢巻が配られ、差別されるなんて、ひどいと思う。

「考えてみれば、ここの食堂で席を並べて食事するだけのことよ。たいしたことじゃないわ。あの人のお喋りの相手をするのはいやだけど、こんどつきあってみようかしら。そうすれば、結果になって表われると思うの」

友松は、そんなことまで言い出した。

「そうね、でも何だかいやだわ」

久美子は相槌をうちながら、身をふるわせた。

そういえば、武本がいつかその検査員と並んで食事をしているのを見た記憶が甦った。

偶然、一緒になっただけのことと思って、気にもしなかったのだが、友松の言から、真相が見えるような気がした。

「先生に、相談してみようかしら」

思いついたように久美子が言うと、友松は激しく手を振った。

「駄目よ、そんなこと。自分の成績が悪いことを棚に上げるのですかって、極《き》めつけられるのがオチよ。それより」

友松は一段と声をひそめた。高校生に相談してみようというのだった。

「でも、どうやって?」

久美子は、友松の提案に意表を衝かれて、聞き返していた。

「高校生なら、話がわかるし、筋道立った考え方をしてくれるはずだわ。どなたかお知り合いはいらっしゃらない？　加瀬さんは、ドイツ語を勉強してるって聞いたけど、それなら、お知り合いもいるんじゃない？」

友松は重ねて聞いてくる。どうしてそんなことを知っているのだろう、その質問に、かすかな刺も久美子は感じとっていた。たまたま学校へドイツ語の辞書を持っていったことがあり、それが級友に見咎められたことがあった。それに尾ひれがついて噂になっているらしいと、愕然とする思いだった。

「知り合いって別にないけど、相談はしてみることはできるかな？」

久美子はふっと、思い出したようににっこりした。司から聞いた谷山のことを考えたのだ。高校生は、すぐに疑問を持つ。表面に出たことを、そのままでは決して信じない。時間はかかっても、その疑問をといていくことに楽しみがある。その考え方のほうが、ほんとうに自分の身についたものになると。

「いいわ、じゃ、ドイツ語のわからないところを知り合いの高校生に聞いてくる。そうすればきっかけができるでしょう」

友松は、久美子の返事に、どこか妙なものを覚えながら吻《ふん》としていた。自分からいきなり、高校生に話しかける勇気はなかった。教師や工員たちにそんなところが見つかったら、不良少女扱いもされかねないご時世でもあった。

「ドイツ語ね」

友松は、わけが分からぬままに賛成した。

（これでいいんだわ。かりに先生たちに注意されたら、ドイツ語を聞いていましたって答えればいいんだもの。ドイツ語の分からないところなら英語みたいに敵性語とも言われないし、高校生に尋ねるのがいちばん自然だわ）

久美子は、（ちょうどいい機会だ）と思った。これをきっかけに、司のことも谷山に訊いてみようと企んでいた。

（自分で考えるって、本当に楽しいことなんだわ）

自分の小さな計画に司が言っていた、考える楽しみがわかるような気がした。

ベルが鳴りわたる。

「さあ、急ぎましょう」

友松と久美子は、また作業場へ駆け込んでいた。

久美子は昼休みに作業で遅れた食事を、班員たちととりながら、目を走らせた。折りよく、食事を終わった高校生が、席を立つところだった。

久美子は勢いよく、その高校生のほうへ小走りに寄っていった。

高校生は、食器を片づけると、歩きながら本を読みはじめた。

「……事実は主体的なものである。然るに何等かのものは、それが主体的なものとの関係に於て理解されることにより初めて歴史といぅ意味を持ち得る……」

低く声を出している。（なんかお経でも呟いているみたい）クスリと微笑みながら久美子は、邪魔をしては悪いような気もして、二、三メートル、後をつける形になった。

「あのー」と言いかけて「ビッテ」（注8）とドイツ語でおそるおそる呼びかけてみた、
高校生は、読んでいるページのところに指をはさんで、向きを変えた。

「何か？」

呼び止めたが女生徒でドイツ語だったのが意外らしく、怪訝な顔つきである。

「谷山さんに、ちょっとお会いしてお聞きたいことがあるんですが……」

「谷山君に。ああ、彼は」

言いかけたとき、作業開始のベルが鳴り出した。昼休みが終わったのだ。にわかに、人の群れが、一定の秩序を作って流れ出す。

「こらーっ、そこの二人」

そんな人群れの中から、走り出てきた男がいた。久美子はハッとした。自分たちの作場の検査員だったからである。

「おい、もうベルは鳴ったんだぞ。何をしてるんだ。そんなことだから、神風鉢巻ももらえないんだ」

それから、高校生のほうに、喰ってかかるような勢いで言った。

「ボケーッと立っていないで、早く作業場へ戻れ」

高校生が動こうとしないので、

「作業開始は戦闘開始だ。戦いが始まっているのに、貴様は女にデレデレするつもりなのか」

検査員はつめ寄るようにした。むきになっているその顔に高校生は苦笑している。久美子はがっかりしてやむなく作業場のほうへ戻ろうと向き直った。その時である。高校生の口から聞き慣れた、いや司からの手紙で見慣れたことばが飛び出した。
「ケンネン　ジー　ドイチュ　シュプレッヘン」(ドイツ語が話せますか)
あらっと思って振り返ると、わかりますネと念を押すように一人うなずきながら、
「イン　ネヒスト　ルーエ・シュトゥンデ　コメン　エア　ヒア」(次の休憩時間に彼はここへ来ます)
と大きな声で言った。久美子も思わず、
「ダンケ　ゼア」
と大声で言ってしまった。検査員は無言で二人の顔をジロジロ見ている。久美子は作業場向けて走り出した。懐かしいビーターゼーエンということばが追いかけてきた。

山登り輝くまなこの二人連れ

11

久美子は、高校生につられてつい大きな声を出したことを、少しばかり後悔していた。事実、午後の作業が始まっても、みんな話に花を咲かせて、なかなか仕事にとりかからないのだ。例の若い検査員は、久美子と高校生が別れたあと、どこかへ姿を消していた。

「工場でデートなんて、ちょっといいわね」

「加瀬さんの会っていた人、何ていう方？　素敵だったな。検査の人がこわい顔してるのに、悠々としているんだもの」

口々に、久美子に話しかけてくるのだ。彼女もまた、ひとりでに微笑がこぼれてくるのをどうしようもなかった。

「ねえ、ねえ」

友松が近寄ってきた。

「さっき何て言ってたの。あれ英語じゃなかったし、何語なの」

「ああ、あれはドイツ語。お約束したでしょう。高校生と相談してみるって」

「だけど相談しているみたいじゃなかったわ」

作業の手が休む。ちゃーんと皆で見ていたのである。久美子は笑いながら、次の休憩時間に谷山さんという高校生に来てもらえるように頼んだと告げた。

「あら、じゃあその休憩のとき、私も行っていいかしら?」

「いいわよ」

ほんとうは断りたかったが、そうもいかなかった。

「素敵!　私も高校生とお話ができるわ」

友松がとび上がるようにした。その様子をチラと横眼で見ながら、

「あら、あんたたち、もっと素敵な人がすぐ側にいるじゃないの」

隣りの班の武本が神風鉢巻を締め直しながら、言った。

「そうかしら?」

級友たちが一斉に小首を傾げる。

「ほらほら、近づいてきたわ。あの足音」

武本のことばに、皆ハッとしたように顔を見合わせて、作業に取りかかった。

「やあ、やってるな」

中尉がニコニコしながら、声をかけた。若い検査官が、その後にくっついている。久美子は、何かあるなと、ピンと来たが、素知らぬ顔で作業を続けている。

中尉は、自分が女学生のなかで評判になっていることを知っていた。それが内心得意でもあったから、巡察と称しては、ときどきこの作業場を訪れるのだ。

（女の子というものは、なかなか華やかなものだな）

中尉は、多少のおしゃべりは大目に見てやることにしている。一声、二声、声をかけながら、何気なく女学生の肩に手をおいてみたり、ちょっと頬っぺたを突っついてみたりする。そのたびに、女学生たちは顔を上気させ、賑やかな笑い声をもらすのだ。

（それにくらべると、高校生のほうはどうも憎たらしいのが集まっている）

と思った。九月から来ている高校の連中は、まるで女学生など眼中にないふりで、休み時間になると、争って読書にふけっているし、たまの講義時間となると、仕事場へ向かうときと違って、足どりがずっと早いのだ。そのくせ、仕事のほうも怠けるというわけではなく、中尉の姿を見かけたりすると、さっと鮮やかな敬礼をする。

この中尉は、実を言うと、高校の受験に失敗して陸士に行った身で、それだけに、高校生が何となくうとましかった。隙があれば苦情を言いたいのである。そのきっかけが、思わぬほうから舞い込んできた。

「中尉殿、大変です！」

若い検査員が、息を切らして彼の部屋へやってきたのは、つい先刻のことだった。問い質《ただ》してみると、女学生と高校生が、英語を使って大声で秘密のやりとりをしていたというのだ。

「それで、何を打ち合わせていたと思うのか」

「わかりません。ただ、約束はできていたようです」

「ほう」

中尉は、これはかなりいい加減な情報だと、落胆していた。人目のある中で、大声でやりとりをしたというのでは、別に秘密というほどのものでもなかろう。

（ただ英語で喋っていたというのが気に入らないが）と中尉は思った。

「しかしですな、だいたい、女学生のほうから呼びかけたんですよ」

若い工員は言いつのった。その女学生が班長のグループは作業の能率も悪く、先ほど神風鉢巻をもらえなかった組だと聞かされて、やっと中尉の心が動いた。一応、注意しておこうと思った。英語の打ち合わせとやらも、実際は何だったのか確かめておきたかった。

中尉は、ゆっくりと加瀬に近づいた。

「加瀬、さっきの高校生は知り合いか?」

熱心に作業の手を休めない久美子の手が止まった。身構える思いがあった。

「いいえ、知らない方です」

「知らない? 知らない男性となぜ話をするのだ」

「はい、ちょっと教えてもらいたいことがありました」

「どんなことだ」

「……」

黙り込むと、中尉はすかさず言った。

「何やら怪しげなことばを使ったとの情報が入ったが」

「怪しげなことばですか?」

久美子はちょっと考えていたが、すぐに笑顔になった。

「あれはドイツ語です。盟邦のことばです。教えてもらいたかったのもそのドイツ語のことです。ありがとうとかさようならとかいったことです」

「ダンケやビーダーゼーエンかな?」

中尉もそのくらいのかたことは知っていた。

うなずくのを見て、これは彼女の言うとおりだろうと思った。ついでに、高校生が何と言ったのかも知っておきたかった。

「そしたら、高校生の方が、初めにドイツ語がわかるかと聞いたのです。それからさようなら、と言いました」

中尉も、これは検査員の早とちりだろうと納得していた。

「他にもコメンとかなんとか言っていました」

検査員が横から口を出した。

「仕事が始まるのでゴメンと言ったのです」

久美子はすました顔で答えた。

「よろしい。が、今後は日本語で話をするように」

中尉はそう言ってから、立ち去った。検査員が思うようにことが運ばなかったのに、舌打ちしていた。

雷の音遠きへと去りゆける

12

検査員が長いトイレに行ったのが幸いして、久美子は、友松と一緒に、次の十五分の休憩時間を有効に使った。どうも、仕事の検査に不審な点がある、自分たちの力ではどうにもならないことだ、と谷山に訴えた。

「鉢巻をもらえなかったのは、私たち二組だけなんです」

友松が訴えると、谷山がニヤニヤした。

「すると、問題は、鉢巻ですか？　検査のやり方ですか？」

「鉢巻」

友松が答えかけて、あわてて口を噤《つぐ》んだ。久美子にひどく抓《つね》られていたのである。

「検査のやり方です。こんなやり方だと、私たちには、何のために動員されているのかわからなくなります」

谷山がうなずいた。

「その件は、考えましょう。ただし、今日明日というわけにはいかない」

「けっこうですわ」

久美子も微笑んだ。

「それと、鉢巻はすぐにとりよせましょう」

「とりよせるって？」

友松が言うと、

「一本だけなら、いまでもあげますよ」

谷山はニヤニヤしながら、自分の腰から手拭をはずした。なるほど、神風鉢巻にちがいない。

「女学生のためなら、一声かければ、こんな鉢巻はたちまち集まります。何本あればいいんですか」

友松が目を丸くした。

「何でしたら、必要な分だけ集めましょうか」

十人分だと友松が答えると、谷山は、休憩時間の終わるあと二分の間に、それをそろえてくれた。いきなり、オーーッと吼えるように叫んだのである。

「どうした！」

高校生が、その声を聞きつけて、すぐに四、五人駆けつけてきた。

「こちらの女学生が、神風鉢巻がほしいそうだ。中尉殿に代わって差し上げてくれ」

谷山がニコニコしながらそう言うと、高校生はすぐに友松に、鉢巻を手渡してくれた。

あっという間に十本が集まってしまったのだ。

「すごいわ！」

友松は有頂天であった。

「あなたは、ドイツ語をやっているのですか？」

谷山は不意に言った。久美子がかすかにうなずくと、

「ひょっとしたら、加瀬さんじゃないかな」

久美子は大きくこっくりした。

「やっぱりそうか。何しろ、僕の室員ですからな」

谷山は嬉しそうだった。

久美子は、谷山がきわめて無頓着なようでいて、神経を使って喋ってくれていることがわかった。友松の手まえ、司の名前を決して出さなかったからである。

「ブリーフをシュライベンするよう（手紙を書くよう）言っときますよ」

谷山はそう言って別れていったが、友松はうきうきしていた。

「さあ、鉢巻よ。神風鉢巻よ」

友松は、自分の班にも、久美子の班にも配って歩いた。嬉しいことがあると、能率も上がるようだ。久美子の班も、友松の班も、完全な防弾タンクを、五つは仕上げていた。検

査員が苦情のつけようがない出来栄えであった。

「しかし、その鉢巻は困る」

検査員は、全員が締めた鉢巻のほうに苦情をつけ出した。

「これは、国家のためにどれだけ役立っているかの、いわば証拠ともいえるものだ。許されたものだけが締めることができるのだ」

「でも、高校生がくださったんだから、仕方がありません」

友松は、平気で言ってのけた。谷山と会ったときの興奮が、まだ彼女には残っていたのかもしれない。

「私たちも、今日は能率を上げました。鉢巻を締める資格はあります」

友松は頑張っているが、久美子は、鉢巻にこだわることが、ひどくむなしいものに思えてきた。鉢巻なんか、どうでもいいことではないか。現に、高校生たちは、申し合わせたように、訳もなくくれたではないか。鉢巻など問題にもしていないからではないか。惜しがる人は一人もいなかった。

「わかりました。じゃ、鉢巻を返します」

久美子が面倒くさくなってそう答えると、若い検査員がキョトンとした。

「返す？　誰にだ」

「谷山さんにです」

しまったと思ったとおり、検査員はそのことばに絡んできた。

「そんなにまでして、高校生に会いたいのか！」

ねっとりとした調子だった。

「それじゃ、どうすればいいとおっしゃるのですか？」

久美子の態度には、開き直ったようなところがあった。

「俺に、その手拭を渡せ。俺が、合格と認めたら、改めて一本ずつ支給する」

そうなるとこの鉢巻は、永久に友松たちの手には渡らないだろう。困ったなと久美子が思ったとたんに、ワッと友松が泣き出した。つられたように、何人かの生徒が声を上げた。

これには、検査員のほうが慌て出した。

「待て、ちょっと待て」

検査員は、急いで作業場を出て行った。

夕立に争ひ止めて子ら走り

13

神風鉢巻をめぐる事件は、急転した。検査員は中尉のところへ駆け込んで、一部始終を訴えたのである。中尉は閉口した。つい何時間か前にも引っ張りだされ、ドイツ語と暗号でいざこざを起こしたばかりではないか。

「女の子を、泣かせるのはまずいぞ」

中尉はそれだけ言って、工場主任に会いに行った。

(女学生相手では、若い係員では駄目だ)

検査員の配属変更を依頼するつもりだった。何かと、自分に報告はして務めてくれるが、それならそれで別の使い道があろう。女学生相手には、年配のベテランを配属するほうがいいと考えたのである。

（主任が、また理屈を言い出すと、ちとめんどうだが）

一抹の危惧はあった。中尉に工場の人事権など全くないのだ。以前に、高校生の配属のときも、現場の作業のほうに全員を回そうと発言したら、

「それは無理ですよ。彼らは勉強を主体に生活してきた連中です。体を壊されては、元も子もない」

主任はそう言って、本部の事務に五人も高校生を据えてしまった。

「彼らの本業から言っても、事務をやらせるほうが能率的です。問題は、あくまで能率向上、増産ですよ」

主任はそう答えたものだ。中尉は、今回の件にも、多少の抵抗を予想していた。

「ちょうどよかった。あなたから、そんな申し出があって」

主任は、中尉の申し出を聞き終わると、顔が笑みに崩れた。

「私は、若い者のほうが、女学生とも話が合うかと思っていたのですが、どうもうまくいかないようですね。さきほど、高校生から申し入れがあったところです」

「高校生から？」

中尉は、奴らが何を言ってきたのだろうと、不審であった。

「製品検査に、おかしいところがあると、女学生たちから申し出があったそうです。その高校生は、早速、帳簿を調べてみたとのことでした」

中尉は黙って聞いていた。

「彼らは、事務屋ですからね。さすがに矛盾を見つけるのは手慣れたものです。同じ人数で、同じ条件で働いているのに、製品の数が半分の組がある。どうもおかしい。女学生たちの訴えでは、製品検査にむしろミスがあると主張しているが、一応調べてほしいとのことでした」

工場主任は、ここでニヤッとした。

「まあ、中尉殿としては、能率向上の目的だったと思いますが、神風鉢巻を一部の人に配るというのは、ちょっとまずかったですね」

中尉は眉をあげた。

「それは言いがかりですな。自分は監督官として、事をはかったのです」

「まあまあ」

年配のその主任は、手を挙げて制した。

「ある意味では、効果があったことは認めます。能率の悪かった、二、三班が、今日は他の班と並ぶ成績でした」

そんなことがあったのか、と思っていた。若い検査員は、鉢巻をもらえなかった連中が、突然泣き出して、手がつけられないと言っていたが。聞くところでは、高校生に鉢巻をもらっている女学生もあるとのことだったが、それを、主任は知っているのだろうか。物をやり取りすることも、風紀の乱れの因になるだろう。それこそ監督官としては取り締まっておかねばなるまい、と思っていた。

コツコツ
ドアを叩く音がする。

「入りたまえ」

主任の声に応じて、谷山と吉田晴江が顔をのぞかせた。二人とも本部にいるので、中尉も顔はよく知っている。特に吉田からは、女学生たちの作業結果の報告を聞いている仲だったから、中尉も親しげな笑みを浮かべた。

「ただいま、また女学生から訴えがありました」

谷山は中尉に軽く頭を下げて、主任に報告した。

「今日は女学生たちは各班とも能率が上がり、全員が合格です。全員鉢巻の効果がありました」

「全員鉢巻？　おかしいな」

中尉が呟くと、吉田がおっとりとした調子で言った。

「鉢巻は、高校生から十本、中尉殿に代わっての支給品ということでいただいたそうです」

谷山が補足するように言った。

「女の子って、物にはうるさいんですよ。中尉殿には事後報告になりますが、僕たちから鉢巻を渡しておきました。中尉殿も、女の子からうらまれたくないでしょう」

中尉は怒鳴りつけようとして、あわてて自制した。谷山が、ニヤッとしながら、一冊の本を差し出したからである。

「何だ、これは」

「女性の心理を描いた本ですよ」

「これをどうしろというのだ」

「差し上げます。役に立つと思うんですが」

本官をなめる気かと、声を荒らげたいところだったが、横で主任もニコニコしているので、

「うむ」

不得要領な声で、その本を受け取った。

「だいだいわかった。ところで中尉殿」

主任は微笑のまま、監督官に言った。

「あの検査員は替えますよ。これは中尉殿のお手柄としておきましょう」

中尉は複雑な気持ちだった。

虹立てば指さし笑顔かはしあひ

14

いつになく蒸気の調子がいい。おもしろいように、カネビヤンが融けて、綺麗に角が貼られていく。思わぬ早さで、三隅が仕上げられた。

「今日は調子がいいわね」

「あなたのお陰よ」

久美子が言うと、友松がちょっと睨むようにした。友松が泣き出したせいで、事は大きくなってしまい、若い検査員は配属替えになり、別の工場へ回されたとのことだった。

「でも、今度の検査員ときたら、まるでおじいさんじゃない？」

「そうね、魅力ゼロ」

久美子は明るく言った。検査員が替わってから、こんどは武本の班の成績が落ちてきていた。以前とは二割ぐらいのダウンである。

「あのじいさん、意外に厳しいんだな」

武本はそうこぼしたが、それは前の検査員の時に、甘かったことを証明しているだけのことであった。あの事件以来、武本は、久美子に挨拶もしなくなっていた。神風鉢巻も、皆が一様に締めている。友松がこの頃では、人一倍張り切っている。それに、久美子たちをよく食事に誘う。

「気をつけたほうがいいわよ、加瀬さん」

そんな注意をしてくれたのは、やはり昼食のときだった。久美子に、高校生の恋人がいると噂が立っているというのだ。

「そんなこと、気にしないわ」

久美子は笑っていた。笑いながら、その噂は事実なのよと言ってみたい気持ちもあった。

「女学生に恋人がいたら、いけないのかしら?」

久美子はためしに訊いてみた。

「そんなことはないけど……」

不意の質問に、友松はとまどったようだ。

作業が始まる。思い出を断ち切るように、久美子はまた、蒸気管をとり上げて、四隅目に吹きつける。「これは間違いなく合格ね」

久美子は満足そうに自分の班の製品を見やった。あれからは平穏な日が続いている。毎日のように、中尉は覗きに来るが、前の事件で懲りたのか、あまり声もかけなくなってい た。久美子が、検査員の前に、できあがった防弾タンクを持って行ったとき、ちょうど見回りに来た中尉が、その検査員と話をしているところだった。

「よし、合格」

検査員は、中尉との話を中断して、その製品にざっと目を通して、力強く言ってくれたので、久美子は安心した。

「最近は、高校生と会っているのか?」

珍しく中尉が声をかけてきた。

「はい。いいえ、会っておりません」

久美子が答えると、中尉は何が嬉しいのかニコッとした顔になった。

「高校生に会わなくなると、能率も上がるようだな」

そんなことはありません、会っていればもっと能率も上がります！　そう言いたいのをこらえて唇を噛んだ。

「意地悪だと思うなよ、風紀の乱れは厳につつしまなくてはならんからな」

この中尉も、ずいぶん物の言い方が変わってきたなと思った。

「はい」

久美子は返事をして踵を返そうとした。中尉は、谷山に贈られた本を読んでから、まず言葉遣いに気をつけている。素直な久美子の返答に、大いに安心して、もう一歩追い討ちをかけてみた。

「どうだ、寂しくはないか？」

猫撫で声である。寂しいわけがないわ、司さんとは、毎日のようにお手紙で、また心の中でお喋りしているもの！　久美子はそう思ったとき、急に、武本が口にしていた言葉を思い出した。

「寂しくはありません。毎日、素敵な人に会っていますから」

久美子は微笑するゆとりを取り戻した。

「毎日、素敵な人と？」

中尉は、久美子のこの返事にとまどったようだった。

「いったい誰だね、その素敵な人は？」

返答次第によっては、少しとっちめねばなるまいと思った。目の大きい色白のこの娘をいたぶるのも悪くない気がしていた。

「はい、それは中尉殿であります」

久美子は澄ました顔で答えた。お追従《ついしょう》のように検査員が珍しく笑った。一瞬、ポカンとした中尉は、

（女は魔物だ）

低く呟いて立ち往生の気味であった。それは、谷山から贈られた本に出てくる言葉であることに思い当たった。作業場を出る中尉の歩き方は、妙にぎくしゃくしていた。

西瓜切りこぼるる汁に手を添へし

15

「素晴らしいメッチェン（女の子）だぞ、あれは」

一緒に従いてきた女学生のほうは、しきりに鉢巻にこだわっていたが、あのメッチェンのほうは違っていた。問題は検査の仕方にあると、ポイントを指摘したもの。あれは、美人であるばかりか、たいへん優秀だ、と谷山は珍しく誉めた。

「室長もそう思いますか。僕は前からそう思っています」

司はぬけぬけと答えた。

「こいつ！」

谷山は、大きな手で、司の頭をコツンとやった。

「一度、会ってこいよ。工場の休みの日だってあるじゃないか」

「ええ、だけど、なかなか難しい」

「どうして？」

「町を歩いていると、すぐに軍人に咎められる。腰の手拭を取れ！　帽子をまっすぐかぶれーってでしょう。それに家まで行くとかえって話しづらいのです」

「家へ行くと、歓迎されないのか？」

「そんなこともないいんです。ただ、目の前にいると言葉が出なくなっちゃう。会わないほうが、かえって気持ちは高められるような気がします」

「そんなもんかね」

「あれ？　室長は恋愛の経験ないんですか」

「何を言うか。俺は、恋なんか、毎日、一回はしている」

「そんな恋って、あるかな」

「あるさ。現に、先日は加瀬久美子に恋をした」

「ひどいな、それは」

「ひどいもんか。昨日は映画館のポスターを見て、女優に恋をした」

谷山はニヤリとした。

「さて、明日からが楽しみだ」

「どうしてですか?」

「まだ、この問題は尾を引きそうだからさ」

谷山は神風鉢巻の事件を細かく話した。

「検査員は配属替えさ。こいつは実現したがね」

「じゃ、めでたしめでたしってとこじゃないですか」

「それはそうだが」

谷山は、中尉がこのままでおさまるとは思えなかった。甚しく威信を傷つけられたようで、主任の部屋から立ち去るときは、かすかに手がふるえていたくらいだったと言った。

「じゃ、彼女、大丈夫かな?」

司も心配そうな口ぶりになる。

「まあ、たいてい大丈夫だろう。あのメッチェンならなんとか切り抜けるさ。中尉殿におまじないもしておいたし」

「なんですか、おまじないって」

「なあに、女性心理の本を差し上げておいたのさ」

司も谷山も大笑いした。

「中尉殿という素敵なかたに毎日会っています」とぬけぬけと、久美子が言ったことはさすがの谷山も知らなかった。

甲種合格の谷山にはもっとさし迫ったことがある。工場で働いているのも、召集までのことなのだ。その日も近いと覚悟しなければならなかった。サイパンの失陥が意味するもの、この本土にも空襲の日がくることを考えていた。

隣家より　ショパン流るる星月夜

16

まちがいなくめぐってくる季節が、この年も冬となったころ、文科生には、次々と召集令状が舞い込みはじめた。室長の何人かがまず去った。いくらも日が経たないうちに、胸が悪いから大丈夫と決めていた東浦も去った。櫛の歯が抜ける思いの司にはやがて忘れられない日がやってきた。

工場の作業も一段落して、すでに冬の日が沈みはじめたとき、服部と多米田が、若い二、三人の工員と一緒に、海野と司のほうへやってきた。

「よおー、どうした」

海野が気軽に声をかけたが、服部は黙ってつめ寄ってきた。ぴんと殺気だった空気がはりつめた。

「俺も召集令状がきた」

「そりゃあ……」

海野はあとの言葉をのみこんだ。

「そりゃあ、なんだい」

意地悪く、服部が迫った。

「おめでとうと、やっぱり言うんだろうね」

海野は落ち着いていた。

「邪魔者がいなくなってかい?」

服部が一歩にじり寄った。間に割り込むように司が入った。

「おい、喧嘩をするなよ。召集礼状がきたんじゃあ、皆にも報せて、送別会を開かなくちゃあならんだろう」

司がその場の空気を和らげるように、穏やかに言った。

「何、送別会? 君たちの送別は受けんよ」

「それで、何しにここへきたのだい?」

海野の声も尖ってくる。

「俺は多米田と相談したんだ。裟婆に別れる前に、君たちを殴っていこうと決めた」

「おいおい、本人の許可なしで、そんなことを決めるなんて、ちょっと無茶だな」

「何が無茶だ。君たちみたいな連中が祖国にいることは、俺には我慢ができない。安心して戦うことができないじゃないか。君たちが作ってくれる兵器で、俺は戦うんだからな」

「その心配は不要だ。僕たちはあくまで学生だ。君のように体力もないし、増産に励むこともない。ただ整理班として、仕事はきちんとしておく」

「きちんとだけじゃ駄目なんだよ！」

多米田が喚《わめ》くように言った。

「もし、限界を越えてまでやれというのなら、それは学生でなくなることだ」

海野はあいかわらず落ち着いている。

「話し合ってちゃ駄目だぞ！」

工員の一人がけしかけるように言ったのを機に、服部のビンタが海野の頬をとらえた。

「それで気がすむのなら、殴るのもいいさ」

海野は切れた唇の血をぬぐいながら口を開いた。

「しかし、考えてみろよ、僕たちはなんのために学校へ入ったんだ。勉強するためではなかったのか。それができない時代だと言いたいんだろうが、工場でも勉強はできる。何も、一日圧延の仕事をしているわけじゃない、食事時間も休憩時間もある。通勤時間だってある。僕たちはそのすべてを勉強にさきたい。

召集令状を手にして、君たちはここへやって来た。願わくは、心を入れかえて働きますという言葉を期待し、手を取り合って友情を誓う、そんなことを考えていたのかもしれないね。しかし、それじゃあ、考える学生としての目はどこについているのだと言いたくなる。新聞を見たって、だんだん僕たちが守る側に追い込まれてきていることはわかるだろう。それがわかるからこそ、君たちも苛立っているんだ。戦いで追い込まれて、心まで追い込まれたらおしまいじゃないか」

殴られて、海野はいっそう雄弁になったようだ。服部や多米田にも、海野の言に思い当たることがあると見えて、初めの勢いは消えていた。

「殴られた返礼と言っちゃあ失礼だが、僕は君たちへの餞《はなむ》けに、こうするよ」

つとその場を離れると、海野は、休憩するバラック小屋に走った。司が続く。服部と多米田も従いてくる。

海野は、小屋の黒板いっぱいに、大きな日の丸を描いた。その日の丸は、下のほうが崩れ、血が滴るように、赤い筋を二本、三本と白地に垂れ流していた。

「僕たちは今、この流れる血さ。しかしそれが健全な姿だというのかね。日の丸はくずれてはいけない。どんな場合も丸くなければいけない。僕たちの心も同じさ。どんなことがあっても心まで敗れてはならない、と僕は思うよ。服部君、なんとしてでも生きてかえってこいよ、生きて……」

服部も多米田も黙って顔を見合わせた。工員たちが所在なさそうにブラブラしていた。

暖かき冬も持ちいけ征《ゆ》く友よ

17

久美子が蒸気管を持った。防弾タンクの仕上げにはもう慣れていた。以前ほどは疲れない。

「あら、おかしいわ」

ちょっと足がよろめいた。

「どうしたのかしら」

その呟きが乾燥機の音に消された。

「なんだかめまいがするみたい」

申し合わせたようにカネビヤンを竹べラで押えていた傍らの友松がよろけて、思わず二人は顔を見合わせた。

その時、轟《ごう》！　と工場全体が音をたてて揺れた。

爆弾？　空襲？　頭の中をその言葉が駆けめぐる。

「友松さん」

叫んだだけで、あとは夢中だった。天井が震え、大地が揺らぐ。

「地震だ！」

誰かが大声で叫んだ。殴りつけるような響きが天地全体を包み、喚く声、声。ガラガラと何かが壊れる音がする。大きな瓦が落ち、蒸気の鉄管は波のように揺れる。ド、ド、ドと床も土も裂ける揺れ、右左にゆすられ、まるで舟底を駆ける気分だ。誰もが、酔っ払いのような足どりで入口に向かう。胸が高鳴り血が頬に上っている。

入口は重い鉄の扉だ。機密保持のためと称して、厳重な戸締まりである。雨と降る瓦礫を避け、数人がかりで扉を開く。が、平素でも開きの悪いこの扉は、やっと人間一人が通れるほど開いたところで、それ以上は、押せども引けどもびくともしない。血眼になった工員や生徒たちが、その隙間に殺到している。

「押しちゃ駄目だ、押しちゃ」

「隙間から、一人ずつ、さあ早く」

検査員が声をからしたが、効き目はない。日頃の県立高女生の品位は、とっくに消し飛んでいる。ただもう泣きわめき、騒いでいる。必死に生きのびようとする顔だけがある。

轟！　またひときわ激しく揺れた。鉄管がはずれて濛々たる蒸気が吹き出す。その白煙が一面に漂う。ミシミシと柱が折れる。

久美子は小さな叫びを聞いて振り返った。武本がうつぶせに倒れている。倒れた柱が、彼女の足をとらえていた。

「武本さん、しっかり！」

よろめく足を踏みしめて、その柱に手をかける。とても駄目かと思った時に、柱を辛うじて持ち上げていた。

「早く、早く」

久美子に促されて、武本がやっと柱の下から這い出した。その刹那、ぐあんとまた、大きく揺れた。

「あっ！」

と絹を裂く久美子の声。

「伏せろ！」

検査員が大声を出す。

その声をも消すかのように、大きな音が響く。わっという叫び、ついに建物が崩れたのだ。

静寂の時が戻った。一筋の光が眩しい。久美子は目の上の青空を見ていた。冬空にぽつんと浮いた白雲が美しかった。動けなかった。

「おーい、みんないるか。元気を出せー」

「おーい、おーい」

遠くで声がする。

「誰かいたら、返事をしろー」

どこかで細く応じたようだった。久美子の口は動かない。

「誰かいるらしいぞ」

話し声が勢いづいた。

「天窓を破れ！　そこから助け出すんだ」

鋸刃状の屋根をもつこの工場は、その刃の部分に明かりとりの窓がついていた。久美子の見た青空は、体の上に崩れてきたその窓から見えたのだった。

「担架だ、おい、早くしろ」

「これはひどい怪我だ」

やっと窓を破って救出が始まったようだ。久美子は、そっと自分の手を見た。

「あら、こんなに汚れてしまって」

口に出したつもりだが、声にはならなかった。埃と血で、黒ずんだ手を、久美子は悲しそうに見やった。

(武本さんは無事だったかしら)

久美子は柱を持ち上げたことを思い出していた。よくもあんな力が私の手にあったものだと、自分を褒めてやりたい気持ちだった。

「あなたの手は輝いている、司さんが、この前、週報に書いてきたのに」

「輝いている」はドイツ語でなんだったかしら、ブラ……、ブリ……、そう、ブリンクだわ。動詞がブリンケン、名詞がブリッツ。司さんは、いつも一つ単語を書くと、そのついでに、いくつも書いて覚えさせようとするから、往生したわ。

久美子は、思い出したようにニッコリしたが、それきり、二度と動こうとしなかった。最後の微笑が、そのまま久美子の顔に残っていた。

十二月七日、東海地方に大地震。午後一時。死者九九八人。そして、二百余名の県立高女生のうち、一割を超す二十三名が死亡、四年生も九人が息絶えていた。怪我人は、ほとんど全員である。病院は満員で、廊下にまで瀕死の生徒たちが横たえられた。止血剤の変わりに、荒縄が用いられた。

その荒縄で右足をしぼってびっこを引きながら、武本節子は必死に加瀬の姿を求めた。友松も目を真っ赤にして一緒に探し回った。

「全員死に方用意」と記された垂れ幕が、地震にも崩れなかった本部の建物に、無情に下がったままであった。

18

後の記録では、この地震は、マグニチュード8とされている。司は、その大地の揺らぎを、D製鋼で目のあたりにしていた。

積み上げてある鉄材は、ガラガラと音をたててくずれ、司たちの朝からの整理の作業は、すべて無に帰していた。身を支えるのが精一杯であり、足は一歩も動かなかった。幸いこの工場は本建築で、崩れ落ちることもなく過ぎた。我に返ったとき、真っ先に頭に浮かんだのは、N航空のことだった。

「ひどい建物だ。そのくせ、扉だけは頑丈ときてやがる」

谷山が言っていたことを思い出した。胸騒ぎがした。加瀬たちの動静が気になった。海野は家のほうが心配だと言って、寮へ向かう足を、自宅のある半田市のほうへ変えた。

「電車も途中までしか、動かんらしいよ。この調子では相当の被害だぜ」

海野は家まで歩いてでも帰るつもりだった。中学の教練で、強行軍と称して半田市から熱田神宮まで歩きとおした経験もあった。司は、その海野の声に啓示を得た思いでN航空へと足を向けていた。


見る影もなかった。門や主要な建物はどっしりと構えていたが、仮小屋はことごとく崩れていた。一歩入ると、すぐに声がかかった。

「来たか」

谷山である。

「無事でしたか?」

「うん、俺たちはな」

谷山はうなずいた。高校生たちはもう仕事にならないからと、大半が帰ったと言った。誰しも家のことが心配だったろう。それから谷山は、破片が堆《うずたか》く積み重なっている一角を指さした。ぼんやりと立っている女学生たちの姿が目に入った。一歩近づこうとして、ぐいと引き止められた。

軍服姿の中尉がやって来た。

「おい、お前たちももう帰っていいぞ」

「はい」

谷山は返事だけして動かない。

「中尉殿」

高校生に、殿を付けて呼ばれたのは初めてなので、中尉がびっくりしたように司を見た。

「県立高女の生徒たちは全員無事ですか?」

司は思いきって訊いた。中尉は見なれぬ顔だと思って、襟章に目をやった。

(おや、一年生じゃないか)

中尉は怪訝な顔になった。

「おまえは一年生か。この工場で働いている高校生じゃないな」

「はあ、僕はD製鋼のほうです」

「何しにきた?」

「知り合いがおりますので、安否を確かめに来ました」

谷山が口を添えた。

「この生徒は、加瀬久美子の親戚です。中尉から教えてやってください」

加瀬のことをこの男などに報せる必要はないと中尉は思った。しかし、親戚だというのではは仕方がないか。

「よし」

中尉は珍しく親切心をおこした。

「どうだった、救出の状況は？」

中尉は吉田晴江に声をかけた。泣きはらしたような目を上げて、晴江は答えていた。

「先ほど、三十人ほど担架で病院へ運び込みました。半数ほどは重傷です」

「よし。で、全員見つかったか」

「いいえ、まだ一人足りません」

「その一人の名は？」

中尉がたたみかける。

「はい。加瀬、加瀬久美子さんです」

中尉はさすがにはっとして、司の顔を見た。見ている前でにわかに顔から色が消えた。こんなにも早く顔色が変わるものか、と中尉のほうが驚いていた。

「中尉殿、僕も捜します」

「いかん！」

中尉は走り込もうとする司の前に、大手を広げた。

「他工場の者がこれ以上入ってはダメだ。機密上のこともある。帰れ」

谷山も司を羽交い絞めにしてとめた。

「待つのだ、ここは待つよりないのだ」

そうでもしなければ、中尉を突きとばしてでも押し入ろうとする形相だったからである。

「中尉殿」

遠くから声がかかった。

「見つかりました。見つかりましたよー」

吉田がものも言わずに走り出した。谷山も司も走り出した。つられたように中尉も思わず走り出していた。

何本かの柱の下から探しあてた久美子の遺体に、二人の女生徒がとりすがって声をあげていた。武本と友松であった。

工員や教師たちに促されても、二人は容易に動こうとしなかった。

「私も死にたかった」

友松の呟きに、武本も堰を切ったように泣き出していた。

行く道や落葉ざわめく闇に消え

19

司は谷山にかかえられるようにして、寮に戻った。谷山は、黙りこんだ司を見ながら、低い声で説明した。

「地震は、午後の作業が始まって間もなくだった。俺たちは秩序を守って順に逃げたから助かったが、たいていの所では皆、我先にと逃げ出したそうだ。具合の悪いことに、鉄の扉が細目に開いたきり動かない。先に外へ出ようと争うために、かえって手間どった。加瀬さんは、いちばん奥のほうで作業をしているので、だいぶ遅れたらしい」

司を凝《じ》っと見つめた。

「彼女と日ごろ仲の悪かった武本さんという子が、柱の下敷きになったらしい。悲鳴をあげたら、彼女だけが戻ってくれた。どうやってあの重い柱を動かしたのか知らないが、とにかく彼女の力で、武本さんは這い出したそうだ。そのとたんに、また余震だ。振り返ったときは濛々と煙があがって、何も見えなかったと、武本さんは言っていた」

谷山は目をしぼたたいた。

「武本さんを救い出した場所で、何本かの柱の下敷きになって、彼女は発見された。発見者が柱で足を傷してびっこを引いていた武本さんと、ふだんから仲のよかった友松さんだったそうだ」

ふっと司が吐息をついた。目に涙がたまっている。

「椅麗な死に顔だったじゃないか。微笑を浮かべているように見えたぞ」

みんなもそう言っていた。司にもそう見えた。それが一層悲しかった。

「きっとおまえのことを思い出していたのさ」

谷山の慰めに声もなく、司の目から、ポロポロと涙が落ちた。ひとことも言わずに、司は蒲團の中にもぐりこんでいた。

頭の中を、次から次へと、微笑した久美子の面影がよぎっていく。何度も立ち上がりそうになって、必死に自制した。立ち上がれば自分が何をしだすかわからない気がした。

女学生たちは、工場のほうはしばらく休みになり、新しくできる学校工場で働くことになるだろうとの話だった。遺体は合同葬ということで、この日の午後に焼かれた。

司は工場を休むつもりはなかった。工場が稼働し、戦いが続いている以上、休むこともできなかった。通勤の毎日合掌し「アウフビーダーゼーエン」と小さく声に出していた。

別れのつもりではない。いつかまた必ず会える、いや会いたいと、この時ほど強く念じたことはなかった。

燃ゆるごと我の胸火と冬薔薇《ふゆしょうび》

20

久美子の家を最後に訪れてからもう四十数年がたっている。変わってしまった町名のことは忘れたように、司はその家のあったところまで足を運んだ。

同じ家が残っているはずがなかった。たしかこの辺りと思った場所には、昔と違って二階屋が建っていた。表札も加瀬ではなかった。それは当たりまえのことだ。戦争があり、地震があり、度重なる空襲があった。

（変わっていなかったらおかしいじゃないか）もう一度会って話したかった、そう思って歩いているうちに、いつか久美子がまだそこに住んでいるような気になっていた自分がおかしかった。親友だった海野も結核性の脳膜炎で倒れたし、東浦も胸を病んで逝った。その先立った人たちからそれぞれに司は託されたものがあるような気がしていた。あの日、

久美子が倒れた工場に「死に方用意」の垂れ幕が下がっていた。そのことばにやりきれない思いをした覚えがあるが、思えば

(僕たちの青春は生きるための悩みではなく死ぬためのもがきの時代だったのだろうか)

それでも生き残った司の中で、久美子が生きていた。微笑んでいた。海野も景浦も豪快に笑っていた。いや服部も多米田も伊藤も微笑していた。皆精一杯それぞれの春を生きていたのだと思う。

平田町の交差点にまた戻ってきた。あれから何時間が経ったのか。来た時とくらべてこぶしの花がいくらか大きく見えた。たぶん司の目の錯覚だったろう。こぶしの木を見上げながら、司の口をついてひくく寮歌が流れ出した。

この世の音はかへるとも
わが青春をいつか見む……

大路にも残れる花や有難き

注1　ドイツの作家、ヴィルヘルム・マイヤー＝フェルスターの戯曲「アルト・ハイデルベルク」の一節。

注2　ゾル公＝リヒャルト・ゾルゲ。戦前のソビエト連邦のスパイで、日本で諜報活動を行った。「ゾルゲ事件」として世間を驚かせた。

注3　紀元二千六百年＝西暦一九四〇年。神武天皇の即位から二千六百年にあたる。

注4　戯曲「シラノ・ド・ベルジュラック」（エドモン・ロスタン）には、大鼻の主人公シラノが美男クリスチャンの代筆で、恋人のロクサーヌに宛てて恋文を書くシーンがある。

注5　オルハリコン＝オリハリコンのギリシャ語読み。伝説の大陸アトランティスに由来する金属。

注6　カネビヤン＝戦前に日本で開発されたポリビニルアルコール系の合成繊維（ビニロン）。鐘淵紡績の商品名。

注7　ガンツ・シェーン＝ドイツ語で「すごくかわいい」。

注8　ビッテ＝ドイツ語で「ちょっと」という時の呼びかけ。

世間知らず

1

　昭和二十五年の三月、俺は大学を卒業したが、なかなか就職が決まらないで往生した。それでも入社試験の面接が、五度目となると我ながら図々しくなっている。初めての毎朝新聞のときは、いつになくネクタイの柄を気にしてみたし、光彩出版社のときも、ああハンカチが汚れていたっけと気がついて、急に落ち着かなくなったものである。

「おまえ、そんなことを気にするガラか」

と友人の吉田に呆れられた。

「いつもどおりにしていればいいんだ。特別な日と考えるから失敗するんだ」

　そのとおりだと思うのだが、思うことが一致するくらいなら苦労はない。大体、今まで受けた新聞社や出版社だって、筆記試験ではすべて合格していたのだ。面接で落とされるのは、やれコネがないからだとか、両親を学生時代に亡くしているせいだとか、いろいろと口実を見つけて周囲の方は慰めてくれるけれど、何よりも己れ自身の意識がもたらしたものだと覚っている。

それこそ二十年近くも前のことだが、大勢のご年配の方々に囲まれて、いくつになったのか、名前は、好きなものは、との質問攻めに合い、怕《こわ》くなって泣き出してしまったことがある。その幼いときのその記憶が傷になって残っているようで、面接の会場で、数人の、それこそ見るからに偉そうな方々を前にすると、表面はともかく、心の中がぶるぶると怖気だってしまうのだ。

いい年齢になっていつまでもそんなことをと笑われることはわかっている。それよりなにより、せっかく大学を出られるというのに、職のほうがいっこうに決まらないのでは、お天道様にも申し訳が立たないではないか。

「ありゃあ、君、小人物だよ」

と、あっさり決めつけていた奴等が、どんどん職が決まってゆくのに、この俺が、明日の糧に困るなんて、馬鹿げたことがあってたまるか！

とまあそういうわけで、覚悟が決まると腹のほうも据わってくる。意思は力なのだ。

面接会場へ九時までに来るようにとの連絡だったが、早めに行ったつもりが一番後になってしまったようで、着くなりいきなり
「野咲さんですね、さあ急いで」

と名前を確かめられるなり、まるで遅刻だと言わんばかりに急き立てられた。時計を見たらまだ十分前だったので、ちょっと首を傾げたら、その不審をみてとったように、

「早めにそろえば、それだけ早く動けます」

言いきかせるような口ぶりだった。お定まりのグレーの背広の目立たない風姿の中年男である。

一礼して小さな部屋に入る。神妙な顔で小柄な眼鏡の男と、中背のハンサムボーイの二人が背広姿でかしこまっていた。学生服の俺はちょっと戸惑った。

「あなたはこのお二人がすんでから入ってください」

中年男が言う。

「あれ、三人だけですか」

ちょっと意外な思いで口にしたら、それには答えず、ニヤニヤとした顔が返ってきた。

ちょうど九時になったから、「大山君」と声がかかって、小柄の眼鏡男が呼び出されて、小部屋のもう一つの奥の部屋へ入っていった。ものの五分ほどで出てきたのには、ちょっと驚いた。三人きりだし、折角の面接なんだから、もう少し時間をかけてくれてもよさそうなものなのに。

眼鏡男はさっさと帰るかと思ったら、さにあらず、また前の席に腰を下ろす。ハンサム男の佐々川はもう奥の部屋で面接が始まっているので、俺は大山に声をかける。

「まだ何かあるのですか」

眼鏡男は、一瞬びくっと体を動かした。相当緊張しているのだろう。

「ええ、何かわかりませんが、終わるまで待っておれということで」

なるほど、それでは俺の番が終わるまで待っていることになる勘定だ。面接が終われば気持ちはいくらか楽だろうが、落ち着かぬことだ。

改めて話を持ち出すまでもなく、俺の番が来た。佐々川がいくぶん上気した顔で出てくるのと交錯するように、名前を呼ばれた。いよいよである。腹を据えたつもりでいたのに、急に動悸がしてきた。

「こりゃまずい、平常心、平常心」

深呼吸一つ、そういえばドキッとするを「動悸ッとする」と書いてある本があった。面白い表記だなと記憶に残っている。こんなことが思い出せるなら、まず大丈夫、もうしくじるのはこりごりと言い聞かせて奥に進む。いざ戦場へ。少々大げさながら、内心ではその思いである。

面接官は五人、中央は金縁眼鏡の長頸烏喙《ちょうけいうかい》（注1）の男である。どうせ項羽（注2）と同じで疑い深い奴だろうから、試験官にはもってこいなのかもしれない。左側にのらくろと、この形容、古すぎるかな、まあいいや、そののらくろ顔の男と、それこそ貧相な、走り使いの役が似合いそうな男が控えれば、右側は禿げ頭、赫ら顔のずんぐり男と、それらの四人とは一世代も違いそうな白皙《はくせき》の貴公子、と言いたいところだが、襟元をだらしなく緩めたところといい、煙草を横咥えにしたところといい、不良中年と呼ぶべきか、少々頭のほうも薄くなるかけた男が並んでいた。

「君は東明大学だね」

開口一番は、中央の金縁である。

「はい」

神妙に答えるのももどかしげに、

「君はこの雑誌社にはいって、何をやりたいのか」

と、聞いてくる。俺にしてみれば、月給さえくれれば何でもやりますくらいの思いになっているのだが、ここで少しは意表に出ぬと、またまた泣きべそをかく羽目になると思ったから、

「少女雑誌の編集です」

と、すまして応えてみた。金縁が、すかさず金属製の声で笑って、

「これは変わっている。ア・プレゲール（注3）だ」

とのたもうた。ひょっとしてアブノーマルと言うところを間違えたのではないか。

断っておくが、俺の答えは、決して口からの出まかせではない。女性と名の付く存在は、

年頃になると、まるで洋服が歩くみたいな格好をしたり、白粉の化物然と澄ましてみたり、ときに気のあるようなないような奇妙な目つきをしたりするから、面接よりも苦手だが、彼女たちも少女と呼ばれるうちは、邪気がなくてかわいいものだ。

今度は、赫ら顔の禿げ頭が、

「大学時代から、少女雑誌に、興味を持っていたのかね」

と、後をうながす。「はい」と言えば嘘になる。憲法や民法に追いまわされ、六法全書を片手にフーフーいっていたのが正直なところだが、それでも閑《ひま》を盗んで、吉良良子の少女小説を読んで、描き出された少女の心に、渇仰《かつごう》の涙を流したことも、一度ならずだったから、

「そうですね。二年くらい前に、吉良良子女史の作品を読んでからです」

穏当な返事をすると、他の三人も、驚いた顔になる。金縁が俺の履歴書と成績表を覗きこんで、

「成績も、なかなかいい」

と、感心したようにひとりうなずく。それは嘘だな、俺は二十科目中優が五つしかない。

先に就職した友人たちは、十以上も優を稼いでいるのが何人もいたはずだ。きっと、この重役たちは、学業成績によほどのコンプレックスがあるに違いない。

金縁が、机上の煙草をすすめながら、

「君は、資本論を読んだことがあるか」

と、妙な質問を放ってくる。煙草と資本論と学業成績とがどんな関係にあるのか知らないが、すすめられたものを拒む必要もないから、ためらいもせず俺は、煙草を手にとった。

「訳で第一巻だけは読みましたが、なによりも意識が存在によって規定されるという考え方がどうも僕にはそぐわない」

と正直に答えたら、

「そのとおり。あれは間違っている」

いかにも我が意を得たかのように、ニンマリした。俺には、マルクスを間違っていると断言する自信もないし、そう答えた覚えもないが、都合よく意味をとり違えてくれたのだろう。

二、三日後に、電報で採否の通知をすると言いわたされ、席を立つ。

控えの部屋で三人がそろったところへ、また地味な中年男が現れた。

「今日はご苦労様でした。わが社で出した本を一冊差し上げますから、合格通知が行くまでに読んでおいてください」

と言う。合格通知の来ない奴はどうするんだろうと、ちょっと首をひねったが、こんなところでアレコレ言っても始まらないと、三人そろって外へ出る。

「あなたは東明大なのですか」大山が俺の学生服をジロジロと見て声をかける。

「ええ、大山さんはどこか就職されているんですか」

何気なく訊いたら、大山はアレッという顔をして、

「僕の名前をどうして知っているの」

と言うから、今度はこちらがアレッという顔で、

「さっき面接場でそう呼ばれていたじゃないですか」

と答えると、さすがに気がついたとみえて苦笑する。

「僕は塾の教師をアルバイトで半年ほどやってました」

と話しはじめる。

佐々川が
「それにしてもあの出版社、大丈夫かな」

と不安げに呟く。

「えっ」

と俺は思わず不審顔。

「だって交通費もくれなかったぜ」

と乱暴な口ぶりになる。そういえば今まで受けた会社はどこでも帰りに交通費をくれたっけと思い出す。

「だけど本をくれました。定価千五百円。交通費よりちょっと高いようで」

大山が妙な計算をする。

「そんなの売れ残った本じゃないのかな」

佐々川がケチをつける。

「交通費に代わるだけの価値があるかどうか」

大山がもらった本の表紙を改めて眺める。

「危ない会社危なくない会社」

表題はそうなっている。

「まあともかくこの本を読んでからだね」

俺の声で何となく納得して三人は別れた。


二日後に、俺は採用の電報をうけとった。それを持って、意気揚々と顔出ししたら、例のごとく、中年男が出てきた。

「いつから出社しますか?」

「そうですね。三月の二十日から来ます。田舎へも帰って報告しなくちゃあなりませんから」

俺がそう答えると、

「採用した他の二人は、明日から来ます。君も、なるべく早くしてください」

あと二人、じゃみんな通ったのか。あの試験は何だったのだろうな、と訝る思いにもなる。

中年男が後ろを見ると、それが合図のように、中学を出たばかりといった、色の黒いクリクリ目の女の子が、急いでお茶をテーブルの上においた。そのとき、馬鹿ていねいに、中年男に一礼をした。

「あれは女子社員の一人です」

きっとした顔になり言わでものことを言う。出されたお茶は妙においしかった。


「その会社は、資本金どれくらいなんだ?」


吉田の質問、俺は首をひねる。四回もすべると、会社の内容よりも職のきまることのほうが先決になっていた。

「まあまあ、通ったんだからおめでたいよ。給料は?」

苦笑しながら吉田の質問がつづく。

「あれ、サラリーの話はでなかったぜ。ともかく、食べられるだけはくれるだろう」

いい加減な返事をすると
「君も、よくよく呑気だな」

呆れたという顔で、朗らかに笑った。

俺は、その晩の汽車で、田舎に行くことにした。一週間の裡《うち》に、できるだけたくさんの少女小説を読んでおくつもりで、鞄の中に、吉良良子の「あの峠の上で」を入れようとすると、荷造りを手伝っていた吉田が、

「なんだい。その本、恋人へのお土産か」

と聞く。

「まさか、こんな小説を読む恋人はいない。お前じゃあるまいし」

吉田がいやな顔をした。彼は女学生と駆け落ち同然のことをした経験がある。まずかったなと反省しつつ

「勉強勉強」

と考えたら、

「それなら、カバーをしていったほうがいいぜ」

そういって、英字新聞を出してくれた。

「別に、体裁をかまうことはないよ」

「いや、それよりもさ。汽車の中でそれを広げたら、みんながジロジロ見るぜ」

「見たっていいよ。仕事だもの」

「そうはゆかない。物好きな奴もいるからね、すぐに『このごろの学生は……』とかなんとかいいだす」

「マンガを見るよりはましじゃないかな」(注4)

「そうかもしれない。君自身は、自分の天職だとすましておられるだろうが、みんなに納得させるためには、一騒動さ」

「そうかもな。けど、納得のゆくまで話あい、大いに論争するのが、今の時代だぜ」

「それは建前、なかなか俺たちの思うとおりには行かないよ。物好きな奴に限って、新聞に投書する。新聞も、東明大の学生が、少女小説を読むとなると、これはいけると思う。ことのついでに、エロ本やマンガ本の流行と抱き合わせて、近頃の学力低下と一般論にもちこむ。親の顔が見たい、セーラー服コンプレックスはおじさんから大学生までと嘆きはじめる」

「そこまで発展するかね」

「発展するさ」

勢いこんで答えた吉田は、そこで次の言葉を探すように、ちょっと考えていたが、

「だから、俺たちは外見だけは、まあ人並みにしておくことさ。そのかわり、実質まで人並みになっちゃあだめだぜ」

と、したり顔で付け足した。

「それならいっそのこと哲学概論とでも書いておくか」

俺がそういうと
「だめだよ。哲学なんて書いたら、今度は気障になる」

「それじゃ英字新聞も気障かもしれん」

俺が、頭をかくと、

「なら、三越の包み紙でもするさ」

と、包装紙をとりだしてくれた。

荷物は、もっぱら洗濯物だから、手に持つものが少ないように、できるだけ着こんだら、

金ボタンをはめるのが、少々苦しかった。一番上のボタンを外したら、

「就職したら、早速か。はやくも重役太りだな」

吉田が、よけいなことをいう。

「重役なんかになれるものか。俺はね、自分が満足できる人物にはなりたいと思うけど人に偉いと思われる人物にはなりたくないのさ」

と力んでみる。

「そりゃあ、どういう意味だい」

「つまりね。エジプトのピラミッドがあるだろう」

「おいおい、話を飛躍させるなよ」

「いや、そうじゃない。あれをつくった人は、みんな縁の下の力持ちさ。歴史では設計した人の名さえわからない。無数の奴隷たちの労働と書いてあるだけさ。ピラミッドをつくらせた王の名前は残るけどね」

「しかし、それは王がそれだけの巨大な権力を持っていた証しにはなる」

「そうかもしれない。けど、王は、ピラミッドをつくる石一つだって動かしてはいまい。

他人の汗と力を盗む奴が、歴史にのこり偉いと思われるのさ」

「つまり君は縁の下の力持ちになりたいというわけか」

「そうさ」

言い切ったものの内心では後ろめたい思いもある。だが心がけとしてはそれでなくてはいけないといつも思っている。

「ビルじゃあ、縁側がなくて、お気の毒みたいだな」

吉田も口の減らない男だ。


夜行列車は、ひどく混んでいた。とても坐れないと諦めて、ゆっくりホームの上を歩いたら、果たして中にはいるのが、やっとだった。走っても乗り込んでも坐れない連中がいるんだから、乗れたことで我慢せねばなるまい。今晩は、トランクに腰かけ寝ることにしようと思い、発車までの一時をと、煙草に手を出す。と、急に、俺のすぐ横の席が、ひどく騒がしくなった。ふりむくと、黒眼鏡をかけたアンちゃんが、坐っている中年の男をつかまえて

「金を払えばいいじゃねえか。つべこべいうな」

と、凄みを利かせている。まさか、この人込みの中で、借金取りや強盗でもあるまいから、しばらく様子を見ることにした。

「俺たちは、商売で座席を売ってるんだ」

「そんな商売、わてにはみとめられまへん」

関西商人らしい四十男は、あたりに狡そうな眼をくばりながら、おしかえす。

「馬鹿野郎。俺たちは食うためにやっているんだ。みとめるもみとめられないもあるものか。坐りたければ、早く来て並ぶがいい。おそくから来て、ただで座ろうというほうがあつかましい」

「そやかて、あんさんが、『この席ゆずりまっせ』と、お立ちになったさかい、わてかて、大阪まで立ちんぼうで行くのは、しんどいよって、おおきに言うて坐らせてもろたんや」

「人の坐っている席をゆずってもらっておいて、ただだと思っているのか」

黒眼鏡が大きな声を出す。向かい側に腰をおろしている若夫婦は、我関せずと焉《えん》と目をとじている。狡そうな商売人の隣では、薄目をひらいたおじいさんが、面白そうに成り行

きを見守っている。腹の中では、

「ハッケヨイ、ノコッタ、ノコッタ」

とでもいっておるんだろう。

誰も助けてくれないとみてとって、関西弁は、しょうことなしに、俺に目を向けた。

「学生はん。あんさんらの理屈で、この闇屋はんに言いきかせておくれやす」

と、声をかけてくる。闇屋に負けるくらいなら、さっさと金を払えばいいのに。だいたい、満員、ぎゅう詰めがあたりまえの今どきに、この席ゆずります、ハイ、そうですかは具合が悪かろう、相手の風貌を見てもわかりそうなものだ。こんな商売がみとめられていないというなら、はじめから坐らなければいい。相手をみてゆずってもらった以上は、その商売をみとめたことになる。そのくせ、いっぱしの知識人ぶって、

「ね、学生はん。闇屋なんてケッタイなものが、ウロウロしとるよって、日本は、いつまでたってもようならへんのやないか」

という。さすがに関西商人、粘りのある根性とちょっぴり感心もする。発車時間が迫ってくるので、黒眼鏡は、とうとう商人の胸倉を掴んで引きずり上げた。

「まあ、まあ」

仕方がないから黒眼鏡を一応おしとどめておいてから、

「金は払うのが当たり前だと思います」

と商人に言っててやった。とたんに、関西弁は、鳩が豆鉄砲を喰ったような顔つきになってから、

「あんさん、闇屋がこわいのとちごうか」

と薄ら笑いを浮かべた。俺は学生時代に小兵《こひょう》の手取相撲で少しは鳴らしたこともあって、別にこの黒眼鏡をこわがる必要もないから、腹の中で考えていたことを筋道たてて話してやると、

「わては、好意でゆずってくれはったと思うたんやさかい……」

まだぐずついている。

「そんな好意が、この黒眼鏡の人にあると思ったんですか」

「そらあ、あんさん。この好意いうものがなうなったら、商売万事うまくいきまへん。好意は英語ならサービスや。わては、サービス本意にしとりますよって、えろう繁盛や。

それを、金をとるなんて……」

まだがんばっている。

「そんなに好意があるのなら、あんたも、立っているお年寄りに、席をゆずってあげたらいかがですか」

俺も面倒になって少し声を大きくした。この男は、よっぽど坐っていたかったとみえて、しぶしぶ財布から百円札をとりだした。発車のベルがなりはじめたので、黒眼鏡は、慌てた足どりになりながらも、

「学生さんも、俺たちの味方や」

と、嬉しそうにいう。誤解されてはかなわないから、

「冗談じゃない。僕だって、闇屋のいなくなることを望んでますよ。ただ、それを悪用しようとする奴は、もっといけない」

追いかけるようにいうと、黒眼鏡は、口をモグモグさせたが、そのまま、何にもいわずに降りていった。

トランクの上で、早速、「あの峠の上で」を読みはじめた。意地の悪い女の子と、美し

くやさしい女の子が出てくるお定まりの筋立てだが、母親が継母ながら心のやさしい性格だったり、腕白な少年が出てきたりで、なかなか賑やかなお膳立てである。俺の大好きな感傷と自己犠牲が、いっぱい詰め込まれているから、またたく間に読みすすんで、横浜へ着いたら、もう読み終わっていた。仕方がないので、もう一冊少女小説を取り出した。「町を行く少女」という題だ。つい吉田の忠告も忘れて、カバーをしていないままで読みはじめたら、

「なんや、大学生が、少女小説を読むのか。日本も、進歩せんはずやな」

横で、大仰なことをいう。さっきの関西弁だ。失敗したなと内心では頭をかく思いもあったが、おとなしくしているわけにもいかない。

「あなたは、吉良良子の少女小説を読んだことがあるのですか」

生真面目に反問する。

「そんなくだらんもん、わいが読むかいな」

こしゃくな答えをする。

「読まないさきから、どうしてくだらないとわかるんですか」

「わては商人やで。ものを見分ける勘は訓練してますよってな」

「ああ、勘ですか。その勘でさっきみたいに、人を見損なったんですね」

せいぜい皮肉をきかしたら、男は、悔しそうに黙りこんだ。ざまをみろ。第一、吉良女史の少女小説は、今となっては少々古くさいけれどもひと昔まえ、ひとつのスタイルを小説界に築きあげたというだけで、作家としては立派なことに違いない。

男の膝の上には、表紙だけでそれと知れるいかがわしい雑誌がのっていた。からかってみようとも思ったが、せっかく黙りこんだところなので、面倒になって目をつむった。


汽車を降りると、久美子が、自転車に乗って迎えにきていた。セイラー服が、眩しいほど可愛い。黒目がちの大きな瞳が、にっこり笑っていた。

「やっと決まったよ」

「おめでとう」

久美子は、大人ぶった挨拶をする。

「パパとママに、報告してくるわ」

久美子は、颯爽と自転車を走らせる。時々、俺の方をふり返るので、

「あぶないよ」

と、声をかけると、

「平気よ。ほら、このとおり……」

両手を離してみせた。鮮やかなものだ。自転車に乗るたびに俺は、つくづく、自分の不器用さが憾《うら》めしくなる。跨がって走らせるのが精一杯だ。小学校の時分に、何度も練習でひっくり返り、膝小僧をすりむいた。

「無理をしなくてもいいさ。自動車に乗れるようになってみせる」

そう思ったが、負け惜しみだということは自分でもわかっていた。それに自動車だって運転できるわけではない。

久美子の家は古びてはいるが、馬鹿でっかい。門をくぐると、久美子のご両親も出てこられた。久美子が真ん中に立って、ニコニコしていた。

「おめでとう!」

いっせいに声をかけられて、さすがに、俺も顔がほころんだ。

離れのほうに行きかけると、久美子が走って来た。

「お兄ちゃん。私が学校へ行っている間に、うんと寝といてちょうだいね」

また、自転車を走らせて飛んでいった。俺は、なんだか涙が出そうになった。

六畳の離れで、思いきり手足をのばし、夜行の疲れを吹きとばすつもりでいたが、一週間しかないと思うと、寝るのが惜しくなった。

俺は、この家に来るたびに、この部屋で、坐り机に向かって、久美子の兄を偲《しの》んでみる。彼がいなかったら、おそらく俺は、大学へも行けなかったろう。急逝の父に次いで、翌年母が死んだときに、いったんは進学を断念し、勤めに出た姉や兄たちのために、家事をしていたくらいだから。幸いなことに、高校時代に、大いに駄弁って親友の名にふさわしかった久美子の兄が、俺を連れ出してくれた。

この親友が、胸を冒されて倒れたときは、おふくろが死んだときより、倍も悲しかった。その俺の心を、明るい世界へひきもどしてくれたのは、久美子の天真爛漫さだった。だから、久美子は、俺の救い主だといっても、大げさだとは思わない。などと考えているうちに、いつの間にか、寝入っていたようだ。ふと気がつくと、枕元で、久美子のあどけない顔が笑っていた。

2

約束どおりに、二十日の朝に、東京にまいもどった。またまた立ちん坊で、ねむくてしょうがない。会社は九時始まりとのことなので、面接のとき、早目に行ったのに一番遅かったことを思い出して、八時半頃に行ってみたが、二、三人の女子社員が、並べられている机の上をふいているきりだ。この間お茶を運んでくれた女子社員に間違いないとみて、

「僕は、今日から出社したんだけど、重役さんたちは、まだ来ないの」

と尋ねると、

「ええ、会社は九時始まりですから、重役さんがいらっしゃるのは、いつも十時頃になります」

という。

「なんだ。毎日遅刻してくるの」

俺が呆れたようにいうと、女子社員は、みんなクスクス笑いだした。

「ともかく、それまで待たせてもらいます」

隅っこの椅子に腰をおろす。

「どうぞ」

と、熱いお茶を持って来てくれた。なかなか気の利く女子社員だ。

社の中は、相変わらず森閑としている。その中で、時々、女子社員たちの笑い声がする。みんな中学を出たばかりで、それこそ箸を落としても茶碗をころがしても笑いたくなる年頃なのだろう。時計を見ると、九時十三分前。

始まるまでにはまだ、だいぶ時間があると思ったら、しだいに汽車の疲れが出て来て、目がいうことをきかなくなった。


「お兄ちゃんが鬼よ。一、二、三！」

久美子が走り出す。追いかける。前へ前へと気ばかり焦って、足が進まぬ。どうしたことかと思ったとたん、久美子の足がピタリと止まる。あたり一面には、草が我が物顔に茂っている。どこかで見た場所と思うが、どうしても思いだせない。向こうのほうに、白く光って見えるのは、川に違いない。

「よーし。追いつめた」

しめたと思ったら、急に、久美子の姿が、大きくなったようだ。チラとふり返った顔が、妙に大人びている。手を伸ばそうとしたら、また駆け出す。もう一歩で、川の中に踏み込む。

「あぶない」

あわてて、俺の足も宙をとぼうとする。

「もしもし」

後ろから、やさしく女の声がかかる。邪魔だとふりきろうとしたら、肩に、柔らかい手がかかる。

「あぶないですわ」

女の声に、ハッと気づく。

「重役さんがお呼びです」

女はつづける。目をパチパチさせたら、やっと我に返った。周囲の喧騒が、耳に入る。

電話のベルの音。オーイという呼び声。いけない、俺は今日からこの会社へ勤めに来ていたんだと思ったら、さすがに顔が火照ってきた。

女子社員の後に従って、例の中年男の席へ導かれる。右端の一番奥で、ゆったりした椅子に坐っている。

「うむ」

面接のときとは、うって変わって横柄な態度だ。この調子だと、普段はさぞかし威張っているんだろうなと、少々おかしくなった。

「今朝から出社しました」

と、挨拶をすると、

「みんなに紹介しよう」

といって、俺を部屋の右端から、左の隅っこまで連れてまわる。

「新入社員の、野咲太郎君、東明大出身です」

紹介してくれたから、一人一人に頭を下げる。拍手した奴がいたから、

「よろしくお願いします」

と神妙にいった。狭い部屋でも、左の隅っこまで来たときには、少々うんざりしていた。全部で百人足らずの社員だ。チラチラッと、盗むように顔を見られるので、まるで動物園の檻へでも入れられた気がして、顔が赤くなってくるのがわかった。

「しっかりやれよ」

わざわざ声をかける奴がいるので、ふり返ったら、例の金縁眼鏡がニンマリしていた。

仕事は営業だという。たしか編集ということで採ったはずだ、それでは約束違反じゃないか。はなから希望を無視されてはたまらないから、中年男に文句をいいにいった。

「僕は、少女雑誌を希望したんですが」

「しかし、先に来たほかの二人も……」

「希望と違うんなら、やめます」

思いきって強気に出た。なあに、卒業式まではまだ間がある。中年男は瞬間あっけにとられたように、俺の顔を見守った。二秒間黙っていた。それから、あわてて金縁眼鏡の席へ飛んでいって、話し込んでいたようだが、難しい顔で戻ってくると、

「君の希望通りにします。白木君の部署に配属します。すぐ行って下さい」

という。後ろに大山と佐々川がニコニコしてついている。どうやらこの二人は俺のお蔭で部署が決まったらしい。

「白木さんって、どの方ですか」

聞き返したら
「聞けばわかります」

と、ニベもない。だから聞いたんじゃないか。側に坐っている奴が、ニヤニヤしながら俺を見守っている。女子社員たちは、何かヒソヒソいいながら、嬉しそうな顔をしている。何が起こるかと、興味津々なのだ。嫌な奴ばかりだ。こんな連中に聞いても始まらぬから、

「白木さーん」

と、大声でどなってやった。瞬間、みんな目が丸くなったようだ。ざまをみろ、これくらいのことで驚くな。佐々川と大山がお互い青い顔を見交わしていたのは、おおかた、肝でもつぶしたのだろう。

部屋の真ん中あたりで、俺の呼び声に応じて立った男がいたから、俺は、そこへとんで

いって、

「野咲太郎です」

と、頭をさげたら、妙な顔をした。

「今日から、ここで働きます」

もう一度頭をさげたら、やっとうなずいて、俺を坐らせてくれた。額のあたりが、油で光っている。精力的な男だ。

「俺は、日本で一番若い雑誌の編集長だ。満二十九。子供がひとりある」

そういって、ジロリと睨んだ。二十九で子供がいたところで、別に、俺に威張ることでもあるまいに。

「わが『ＬＬ』は、少女雑誌の中では売れ行きナンバーワンだ。その理由の第一は、小学四、五年という低学年に対象を求めたところ。第二には、賑やかさ、第三には、新であり、珍であり、奇であることをモットーとしたこと……」

初めっから五箇条の御誓文みたいなことを並べたてる。些《いささ》かけむに巻かれた俺は、ニコチンの刺激をかりようと、ポケットから煙草をとりだした。その手元をジロリと睨んで、

「初対面で煙草を吸うようじゃあ、吉野先生の原稿なんか、とてももらえないぞ。エチケットを知らなくてはこまる」

と来た。冗談じゃない。初対面で煙草をすすめたのは、どこの重役だったたっけ。ひょっとすると、あれも人物考査だったのか。そんなことに今頃気がついても仕方がない。それに合格しているのだから、どうということもあるまいと、タカをくくって

「そんな古くさい考え方の人の原稿なんか、もらわなくってもいいでしょう」

と、無茶なことを言ってみた。

「そうだ。もうスタイルが古い。今の子供には会わないから、うちではのせていない」

白木編集長は、言下にこたえて、頼もしそうに、俺の顔を見守った。どうも早とちりの勘違いをしてくれる方が、この会社には多いようだ。これなら勤まるかと、実はホッとした。

昼食は手持ちの弁当である。カツオの佃煮だけがおかずである。一人でもくもくと食べていたら、朝の女性社員が、お茶をくばりに来た。

「有り難う」

ぶっきらぼうにいって、いきなり、うまくもないご飯の上に、お茶をぶちまけたら、空になった湯呑みに、もう一度、お茶をついでくれた。また頭をさげると、今度は、やかんをもって行ってしまった。おさげの先っぽで、ピンクのリボンが、ひらひらしている。何となく、久美子を連想する。隣に坐っていた、断髪の女性に、名前を聞いたら、

「あの子はトンちゃん」

と笑った。

「本名は?」

と尋ねると、

「私も知らないわ」

と、すましている。いつでも「トンちゃーん」と呼べば、とんで走ってくるそうだ。あそれがあだ名の由来かとひとり納得した。

昼食を食べおわっても、いっこうに仕事がない。仕事は自分でつくり出すものかもしれないが、入社一日目ではまごつくばかりだ。仕方がないから、白木編集長の席に行き、

「僕にも仕事をくれませんか」

と申し出る。

「今はいそがしいから、そこにある『ＬＬ』のとじこみを読んで、雑誌のカラーをのみこんでくれ」

そう答えたきり、目は、机の上の原稿におとしたままである。いそがしいから仕事がないというのは、まるで理屈に合わない。

「雑誌のカラーは、先刻承りました。第一に、小学四、五年を対象としたこと……」

持ち前の記憶力でさっきの編集長の言を、そっくり繰り返してやったら、苦笑いして、

「それでは、端書《たんしょ》（注5）の整理でもしてくれ」

と、腰をあげて、ミカン箱に入った投書の山を指で示した。

「この端書を、整理しておけ」

という。やっと仕事にありついて、嬉々として俺は、その端書を一枚一枚ひっくりかえしはじめた。

はじめにとりあげたのには、――先生様とある。ごていねいなことだと裏返したら、鉛筆の走り書きで、表とは反対に、汚い字が並んでいた。

――先生様。『LL』はまたまた売り切れ！　買えなかった人が、本屋の前で、オロンロンって泣いていました。これからはもっとたくさん出してちょうだいね。――

そんなによく売れるのなら、つくるほうは、万々才に違いない。二番目のは封筒で、親展とある。

――わたしは、みんなに百貫デブとからかわれ、困っています。やせる方法を、ぜひお教えください――

ごていねいなことに、返信用切手まで入れてあった。切手の処置を編集長にたずねたら、

「返事をやればよかろう」

という。大変ごもっともだが、やせる便利な方法を、俺が知っているくらいなら、わざわざ勤めに出たりするものか。

――やせる方法って、さあこまった！　ご飯を食べないわけにもゆかないし……でもふとっているのは、健康のしるしです。少々デブといわれても、身体が丈夫が何より結構。それでもいやなら、う～んと心配しつづけること。そうすればまちがいなくやせるでしょう。ちっとも心配いりません。――

「こんな返事でよろしいですか?」

と聞いたら、チラと見ただけで、

「うむ、よかろう」

とうなずいてニヤッとした。

この調子では、なんと書こうと、よかろうと片づけられたのかもしれない。

午後の半日を、投書と睨めっこですごしたが、子供に似合わず、お世辞が多いのにすっかり考えさせられてしまった。こういう投書をとりあげて、本にのせるのだから、全く世話はない。狡い大人がますますふえることになっても、文句はいえまい。

退社時刻を知らせるベルが鳴る。読者への返事は十通ほど書いた。つまらないお世辞を並べてあるのは二、三行読んでボツにした。~先生のマンガをのせてくれとか、もっと役に立つ付録を考えろという投書は、編集長に渡しておいた。投書の整理も一段落したので、そろそろ腰をあげかけたが、まだ一人も帰る者がいない。そのくせ、仕事だけはやめて、雑談と紫煙に、ざわつきはじめた。なかには、

「お風呂へいって来まーす」

と、手拭いをぶらさげて、出て行く奴がある。鞄がおいてあるところをみると、もう一度、席に戻ってくるつもりなんだろう。

「もう帰ってもいいんでしょう」

隣席の断髪嬢の滝本さんにお伺いをたてると
「ええ、どうぞ」

しごくあっけない。

「みんなまだのようですが、仕事があるのなら手伝います」

真顔で申し出ると、

「そうじゃないの。偉い人たちがまだ仕事中でしょ。ちょっと帰りにくいのよね」

と、小声で返事をした。馬鹿にしてらあ、毎日十時過ぎにくる連中と、おなじに扱われてはたまらない。朝がおそければ夜がおそくても当り前じゃないかと思ったから、さっさと鞄をかかえて、

「失礼します」

席を立つと、編集長に睨まれた。

「もう帰るのか」

「はい、帰ります。蜜柑箱は一箱分片づきました」

別に悪いことをしているわけでないから、そう返事して、部屋を出た。

勤めだしてからは、一日がひどく短い。一週間も経たぬうちに、外回りの仕事も回ってきた。

まだまだ投書の整理が主な仕事だが、原稿をもらいに、先生と呼ばれる方のところへ足を運ぶこともある。俺は、元来走るのは大の苦手で、小学校の運動会でも、いつも後塵をはいしていた。ビリばかりだった。「坊ちゃんが一番落ち着いていらっしゃった」とほめてくれた人があって、さすがに面映ゆい思いをしたこともある。それはともかく乗り物を使ってなら、どこまでだって行けるわけだ。一度、出がけに手伝いを頼まれて、三十分ほど約束の時間におくれたので、玄関をはいるなり、

「遅刻しちゃいました」

と、頭を掻いたら、

「学校みたいだね」

と、笑われた。三十分ぐらいずれるのは、当りまえのことだそうだ。それでも気になって、断髪の滝本嬢に尋ねると、

「あなたは正直ね」

と、また笑われた。おおかた、正直の上に、馬鹿がつくんだろうな。なんでも、時間をつぶす場所はいくらでもあるから、勤務時間中でも、適当にぬけだして、骨休めをしないと、身体をこわしてしまうとのことだ。働くために入社したのだと思っていたが、勝手がちがうので、面食らった。

「僕は、会社へ仕事をしに来ているんですから、仕事のないときは、何かイヤな気がする」

大真面目で言うと、

「あなたみたいな人を、お人好しっていうのよ」

と、簡単にきめつけられた。

「お人好しだって、人の悪いのよりは、いいと思うけど」

「そんなことといっているから、いいようにされちゃうのよ」

「何が？」

「何がって、あなたがよ。この間、岩中さんに頼まれて、原稿をもらいにいったでしょう」

意味ありげな口ぶりなので、うなずくと、

「あの日、岩中さんは、デートの約束がしてあったので、あなたにおしつけたのよ」

さも秘密のことらしく教えてくれた。私用の時間づくりに使われたと思えば、腹の虫が騒ぐが、物は考えようだ。これが縁になって、岩中さんが恋人と結ばれることにでもなれば、俺は、橋渡しの役を果たしたことになるだろう。第一、仕事をくれといったのは、俺のほうだから、こんなことを、わざわざ教えてくれる必要もあるまいに。

滝本嬢は、またの名を放送局と呼ばれているくらいで、いろいろなことを教えてくれる。

岩中さんは、もう三年越しで、同じ編集部の斉藤女史と恋愛中だそうだ。デートの相手は、むろんこの女史で、何でも一つ年上だとのこと。橋本さんは、いつでもベストセラーになった本を、鞄の中に入れて歩いている。年は二十三と若いが、もう女の子が二人いる。馬土さんは、その名のように頑健そのもの。会社でも家でも、ただ仕事仕事の頑張り屋さんだとのこと。一緒に歩こうものなら、それこそ大変で、

「あ、これは付録に使える」

「あ、こいつは、来月号のアイデアに使えるぞ！」

と、一軒一軒、店をていねいに覗いてたえずひとり言をいっているという。

「とても面白い方ばかりが、いるんですね。だからよく雑誌が売れるのかな？」

と、感心してみせたら、

「そうかしら」

口元に、気になる微笑をうかべた。まだ、何か曰くがあるらしいが、いやなことなら聞かないでいい。でないと、働くのまでいやになるものな。

「馬土さんと、岩中さんは……」

俺の内心の思いは直ちに無視される。滝本嬢は、いっこうに口を休めない。女の舌は長し、というところか。

「西さーん」

隅っこから、大きな呼び声がかかる。西さんて、誰だろうと思ったら、この滝本嬢が、つと立ち上がった。

「あれ、滝本さんが西さん」

と、首をひねっていたら、馬土さんが、外出から戻って来た。

「だいぶお二人でお話がはずんでいたようですが、名案でも出てきましたか」

と、声をかけてくる。

「いや、あの方、滝本さんじゃなかったんですか」

たずねると、馬土さんは、興味のない様子で、

「女の人は、結婚すると、姓が変わります」

とたんにハッと気づいたように、

「そうだ、姓名判断ならアイデアになるな。どうも有難う」

とひとりでニコニコする。

なるほど、聞きしに勝る仕事人間と俺は感嘆する。それにしても、つい先刻まで、滝本さんを少々詮索好きだが、独身の美しい女性とばかり思っていた俺は、馬土さんの返事に、呆気にとられたが、どこかがっかりした思いもある。

席にもどった西さんに、

「あなたは、いろんなことをよく知っているようだけど、一体何年ぐらいこの会社にいらっしゃるんですか」

と聞いてみた。

「私。もう一年になるかな」

そう答えて、煙草に火をつけた。俺は三年から五年という予感だっただけにもう一度うなって、煙の行方を見ていた。


三月二十八日は、大学の卒業式だ。俺は、公然と会社を休んで、久しぶりに、学生服に身を包んでみた。まだまだ、背広よりこのほうが似合う。

吉田と連れ立って、日の丸の旗の立った正門をくぐって、講堂のほうへと歩きかけたら、横から、

「のーざきー」

と、呼ぶ奴がいる。銀杏並木の下で、同じ高校から大学へ進んだ川北と半井《なからい》が手をふっ

ている。

「そう、仕事の方は?」

一流の市中銀行に就職した川北が、相変わらずの童顔でたずねる。

「うん。面白くっていそがしい。今のところ、投書の整理」

答えると、保険会社にはいった半井が、

「大学を出て、投書の整理か」

口を曲げて意地悪そうに笑った。俺は、この笑い方が大嫌いだ。大学時代に、俺の下宿に泥棒がはいって、大事な冬オーバーをとられたことがあるが、その話をしたら、半井は、

「お気の毒だな」

と、口ではいいながら、これとおなじ笑い方をした。思わずむっとして、

「うれしいか」

と聞いてやったら、さすがに顔色を変えて、笑うのをやめたっけ。もう、半井と席を並べることもあるまいから、この笑いは無視することにしよう。

「女の子って、とても純だぜ。まあ、なかには変なのもちょいちょいあるけれど、涙が

出るほどうれしくなることもある」

かまわず言ってやった。

「相手が、女性だと何でもよく見えるのだろう」

また半井が、口をはさむ。

「誰かさんに、おこられやしないか」

川北も笑う。

「いや、まじめな話さ」

俺はつづけた。

「子供が純真だと言うのは、たとえばね、懸賞の商品が二つ来たといって、そのひとつを送りかえして来たのがあった」

「だって、それ、当りまえのことだろう」

半井が、軽く片づける。そうかなあ、いつだったか俺の目の前で、道に落ちていた千円札を拾って、そのままポケットにねじこんだのは、半井じゃなかったっけ。

「当りまえのことだって、なかなかできないと思うな、第一……」

俺は当たりまえのことをみんながしたら、この世の中、どんなによくなるかわからないと、ブチ上げた。半井も川北もつまらなそうな顔になる。

「そうむきになるなよ」

と、吉田におさえられた。なんだか就職してから、わずか一週間ばかりのうちに、それぞれ住む世界が変わってしまったようだ。言葉の通じない国へ来たみたいな気がして、まじめに力んでみたのが馬鹿らしくなった。

3

卒業式も無事にすみ、急に大人になったような気がした。どうにか仕事を覚えてきたなと思う頃には、もうひと月ばかり過ぎており、春の旅行が迫っていた。

一晩泊りで下田までと決まったが、俺には、幹事の役割が回ってきた。新入社員がなんで幹事だと苦情を言ったら、また滝本さんが教えてくれた。幹事だなんてえらそうな名前が付いているが、何をするか教えてあげるというわけだ。要はお酒をはこんだり、出席をとったりで、態のいい使い走りなのだと知って納得した。

日本の表街道を走る東海道線にしか乗ったことのない俺には、行きの電車が、ひどくうすぎたなく思えた。それでいて七十人の総員が、今日ばかりは、まるで子供みたいにはしゃいでいる。棚から荷物が落ちたといっては笑い、バスが揺れるといっては嬌声があがる。それにしても、バスの揺れようはちょっとひどい。まるで、腹の中がひっくりかえるみたいだ。

バスの中で部屋割りもすませて、旅館につくと、すぐに入浴。ろくにアカもおとさぬうちに、大広間にズラリといならんで、社長の訓示をうけたまわる運びになる。ここまでくればもう幹事もご用ずみみたいなものだ。

酒が出れば、あとはもう騒がしいだけ。あちらでもこちらでも、

〝月がでたでたあ〟

と、怪しげな声で歌い出す。もう少しましな歌を歌えと言いたくなる。さりとてこちらも寮歌ぐらいしか歌えないのだから大きなことは言えない。裸でおどりだす奴もいれば、

女子社員をつかまえて、口説いている奴もいる。

「何だ。オイ！」

「何をっ」

乱暴な声がしたので、顔をあげると、出版部の男が、二人で睨みあっている。一体どうしたのだろうと、俺の隣に坐っていた庶務係のおじいさんに聞いてみた。

なんでも、その二人は日頃からあまり仲がよくなく、お酒を飲むと、きまって喧嘩するそうだ。

「つまり、二人とも偉いからでしょう」

と、知ったようなことをいう。偉けりゃあ、酒の上で、喧嘩をするのか、と聞き返すと、

「二人のうち、どちらが先に、重役になるかといわれているくらいです」

と、教えてくれた。なるほど出世の競争相手なのか。それで、「偉い」ということばの意味はわかったが、こんな奴が重役になるんじゃあ、俺たちはいい迷惑だ。

重役の席へ行って、金縁から禿げ頭と、順々に酒を注ぐ。幹事ならこれくらいのことはしろ、と幹事長にいわれたからだ。大山も佐々川もいる。わりに自然にふるまっている。

酒を注ぐことにこだわりを覚えているのは、俺だけかもしれない。

「オイ」

と金縁が手招きするので側へ行ったら、目の前に、盃を十ばかりならべて、

「これをみんな飲んだら、お前の盃を受けてやる」

と言う。なんだかヤクザ映画みたいだな、とチラと思う。おちょこの十杯くらいがなんだ。俺は、かたっぱしからつづけざまに呻《あお》ってやった。

「酒は好きか」

と聞いてくる。

「飲むのは今日がはじめてですが、別にまずくもない」

と答えると、ニヤニヤした。

立ちあがると、足もとがフラフラした。顔の火照っているのは、自分でもわかる。頭がズキズキしてくる。それでも、宴会は終わりそうにないから、今度は、白木編集長の席へ行って酒を注いだ。手元が揺れて酒がこぼれる。

「お前のえらぶ読者の詩は、観念的だ」

いきなりここでも仕事の話がはじまった。よく聞いてみると、難しいのではなく、もっとやさしいものをえらべということだった。なにも観念的とか具体的とか難しいことばを使わなくてもいいのに。フランスの象徴詩じゃあるまいし、小学生が難しい詩を作るものか、と内心では少々不満である。

「酔うと、説教をしたがるだけよ」

いつの間にか、黄色い声がしのびよる。例の滝本嬢じゃあなかった、西夫人だ。

「黙ってうなずいていれば自然におさまるから」

という。言われたとおりうなずいていたら、いつのまにかいなくなった。

「そろそろ私たちも逃げましょうよ」

と、西婦人が俺の袖をひっぱる。

「まだ宴会は終わらないんでしょう」

としぶると

「宴会に、終わりなんてあるものですか。いいかげんで、きりあげなくっちゃあ」

という。まわりを見ると、いつの間に消えてしまったのか、もう残っているものは、十人ばかりしかいない。そういうものか、と俺は、ふらつく足を踏みしめて、旅館の中庭へ出た。

「大丈夫？」

と聞くから、

「もちろん大丈夫。このとおり」

逆立ちしてみようと、手を下についたら、だらしなく、前につんのめってしまった。手も足も、いうことをきかない。仕方がないから、そのまま、地面に寝ころんだ。

「水をとってきてあげるわね」

西夫人が走りだした。俺は、黙って夜空をあおいでいた。星が、妙にまたたいて見える。空に星地に花海には真珠……あれはゲーテだったかなと思い出す。なんだか全身から力がぬけてゆき、そのまま、ふわーっと、天へのぼってゆく。

その晩は、俺のために、みんなが大騒ぎをしたそうだ。肝心の俺には、背中をどやしつけられた記憶しかないが、おぼえていたらとても今みたいにすました顔ではおれまい。

なんでも「いやいや、俺は、酒を飲み過ぎ、その上いらんことには、水まで呷って、ここに寝ている。馬鹿な俺だな」

ファウスト（注6）気取りで、呟いたそうだ。酒に酔ってまで、こんな哲学趣味を発揮するようじゃあ、俺もたいした人間ではない。

おまけに、さんざんゲロをはいた揚げ句のはては、ガタガタふるえだして

「さむい。さむい」

といいながら、時々思い出したように、低い声でさびしそうな歌をうたっていたと聞かされた。たいていは大好きな寮歌でも、歌っていたんだろう。

帰りは自由行動。玉泉寺へ行く、それよりなにより石廊崎へ行ってみなくてはと大山や佐々川が言っていたが、俺はまだ頭が痛いので、先に帰ることにした。自由だなんていっても、電車の数は知れているし、車両の数も少ないから、いやでも、往きと同じ連中と顔をならべることになる。別に変りばえもしないから、俺もいつものように、煙草をすう。

向かい側が、白木編集長とベストセラー君。俺の隣は、西夫人である。昨日の俺の醜態

ていると、

の介抱役を勤めてくれたんだから、お礼のひとつもいわなくてはならぬと、言葉をさがし

「今年は、あんたの母校さんざんね」

といきなりいいだす。ベストセラー君が、

「今年？　いつだって駄目さ。俺のほうは、いつでも優勝候補だがね」

と、高くもない鼻を動かす。ああ、野球のことかとやっと気づいた。ベストセラー君は、毎年大学リーグ戦の優勝候補になる法経大出身だ。もっとも二十三歳というから、卒業して入社したのかどうかは怪しいものだが。

「無理に勝たなくともいいさ」

野球のこととなれば、東明大は弱いに決まっているんだから、弁護する気もおこらぬ。

「メーデーなんかじゃあ、けっこう騒ぐけどな」

ベストセラー君は、変なところに話題をもってゆく。なにか含むものがある（注7）。

「相手が、とるに足りぬ奴じゃあ、勝つ気もおこらないと、先輩たちは言ってました」

俺も、ひねくれた返事をしてやる。西夫人が、かすかに笑った。ベストセラー君は、ちょっ

と鼻白んだ。編集長は、さっきから狸寝入りを装っている。

だんだん会社の実態がわかってくると、かえって納得のいかないこともふえてくる。編集長は、俺の肩を叩いて
「君と言う男は、わかった。見込みがある。しっかりやれ」

と、入社して三日目にいってくれたが、大体この言葉からして、俺には納得できない。三日ばかりで、一人の人間がわかるわけがない。それでも三日ばかりで、わかったような顔をしないと、この世界では生きてゆけないらしい。小説を読めば、即座に、やれ泥臭い、やれテンポがのろいという。それによくコミックスという妙な言葉がとびだす。辞書を調べたら、シェークスピア時代によく使われた古語でミックスの意とある。すごいことばを知っているものと感心していたら、なんのことはない、コミにするとミックスするを一緒くたにしただけのことなのだ。一番不思議なことは、

「うわあー。もう財布に十円しかない」

と、悲鳴をあげていた奴が、堂々と風呂屋へ行くことだ。

朝の出勤ぶりだってそうだ。五分前までは、二、三人の女性社員しかいないのに、定刻には、いつの間にかそろっている。よくまあ乗り物が、都合よくギリギリの時間で間に合うものだと感心する。西さんには、もうひとつ別の名前があるし、岩中さんが外出すると、橋本さんも、きまって外出する。馬土さんと岩中さんは、さっきまで楽しそうに話していたと思ったのに、相手の姿が見えなくなると、すぐに陰口をきく。

わからない。ややっこしくて、目が回りそうだ。びっくりして考え込む。首をひねって沈黙していると、

「あいつは、駄目な男だ」

と、きめつけられることになる。どうも学生時代とは勝手がちがう。

新年号の特別会議は、暑い八月にある。これも奇妙なことのひとつかもしれぬ。

「『ＬＬ』の特色は、変化の多様性に存在する。その第一は、低空爆撃であります。つまり日本の人口は、大体三角形をなしており、裾になるほどひろがり、数が多いのです。それで、年齢の若い層をつかめば、読者の幅が拡大するのであります」

白木編集長が、練りに練ったと称する演説がはじまる。ここでも三角形というのは変だ。ピラミッド型といわねば。ちょっと気になったが、まあ言わんとするところは汲み取れよう。それからも寸暇を惜しまず働いたとか、汚名を挽回するとか、ちょっと怪しげなことばづかいがしきりに出てくるので（注8）、俺は苦笑したが、売れ行きさえよければ批判は出ないとみえ、みんな黙って聞いている。ここでも勝てば官軍ということだ。この編集長は、好んで難しい言葉を使いたがる。小学校卒業という経歴だけに、なんとかして自分を誇示したいと思うらしい。もっとふだん使っている言葉を使えばいいのに、慣れない熟語や漢語を使うから、妙な間違いをおこすのだ。いつかも三角と丸で形而上も面白いというから、それは形而下というのだといったら（注9）、変な顔をされた。

売れ行きのよい『LL』の案は、あっさりパスしたが、代わって『新少年』、『白黒倶楽部』とタイトルだって古くさいままの雑誌となると金縁眼鏡を筆頭に、ああでもない、こうでもないと、いやはや、そのうるさいこと。俺が編集長だったら、そんなに言うなら代わりにやってくれと言い出しかねないほど、批判と攻撃が続出した。

「いっそ懸賞の商品に鳩でも付けたらどうですか」

と言ってみたら、みんなが目を丸くした。一瞬シンとして言い出した俺はバツが悪かったが、金縁と白木編集長が大賛成で
「お前の考えはユニークだ」

とほめてくれた。

大いに面目をほどこしたわけだが、金縁が
「おい、そんなすごいアイデアがあるんなら新少年の方へ移ったらどうだ」

と言い出したのには参った。俺は『ＬＬ』が気に入っているので、

「それは困ります。『ＬＬ』のほうにだってすごいアイデアがあります」

と思わず言ってしまって白木編集長にジロリと睨まれた。

「あるのなら発表しろ、さあ出せ」

と金縁は執拗である。こちらも言ってしまった以上はない知恵をしぼらなければならない。

「それは付録に花の種を付けることです」

ととっさにこたえる。馬下先輩じゃないが先日花屋の前を通って閃いたものだ。

「う〜ん」

またしばらくの沈黙のあと、白木が
「その案もらった！」

と大声を出し、金縁がパチパチと拍手してくれた。俺は黙って頭をさげた。

おかげで実現した花の種の付録は好評だった。洛陽の紙価（注10）ならぬ東京の花の種を高からしめたとの噂も出たし、新聞の社会面も賑わせた。

新少年の懸賞の商品も一等が鳩というのですっかり話題になり、にわかにこの雑誌も売り上げがのびはじめた。もっとも俺にしてみれば苦しまぎれの思いつきみたいなもので、自慢できることでもない。

「もっと威張っていいんだぜ」

と馬下先輩が言ってくれたが、どうすれば威張ることになるのかも俺はよくわからない。

会社ではよく会議がある。堅苦しいようでいて、どこかふざけたようなところもある会議がすむと、決まってお酒が出てくる。その後は、

〝月がでたでたあ〟

となる。これで月並みということばができたのかと毒づきたくなる。

日曜もよく日直という仕事をわりあてられて、定刻どおりに出社する。どうも新入社員には割のわるい仕事が回ってくるのが早い。

日直は電話をとりつぐこともすれば、出社している人にお茶をついでまわったりもする。日曜の出勤者は、十数人。それがそろいもそろって、碌《ろく》に仕事もせぬうちに、手拭いをさげて出かける。一時間ばかりでもどってきて、そのまま帰ってしまう。これじゃあ、お風呂へ入りに来たようなものではないか。これでも、ちゃあんと日曜出勤の手当てがでる。もったいない話だ。

もっとも入浴は頭に閃きを与える。馬下さんなんか、きっと風呂の中で、

「アッ、アイデアが」

と叫んでいるかもしれない。入浴が許されているのもおおかたその辺りに理由がありそうだ。

三時頃になったら、みんな引き上げて、誰もいなくなってしまった。なんだかのびのびする。大きな欠伸をひとつしたら、後ろで女性の笑い声がする。振り返ったら、トンちゃ

んが、ニコニコしていた。

「なんだ。来てたの」

ちょっとびっくりする。

「ええ、いまきたところ。そしたら、いきなり大きな欠伸。ウフフ」

思い出したように、また笑う。

「日曜だから、どこかへ遊びにゆけばいいのに」

「ええ、でもお友だちがいないもの」

「友達がいなけりゃあ、一人で行けばいい」

俺の言葉に、トンちゃんが、うらめしそうな顔をした。それから急に、思いつめた顔つきになって、

「野咲さん、ダンスできる?」

と聞く。

「なんだい。藪から棒に」

トンちゃんの心を量りかねて、俺は返事をためらった。

「ううん、なんでもないの。できるんなら、教えてもらおうと思って……」

と言葉をにごす。紀元は二千六百年の時代に育った俺にダンスなんてできるはずがない（注11）。クイック・クイック・スロー・スローと、ワルツだって久美子にリードされなくちゃあおぼつかない。

「残念ながらね。トンちゃんは？」

俺の返事に、気のせいかがっかりした様子だった。

「わたし、すこしはやれるんだけど」

「そう。どこでならったの？」

「学校ですこし……」

なるほど、学校で教えてくれれば世話はない。映画館へはいってもおこられた時代、ダンスは亡国の象徴でしかなかった昔とは、まるで変わった。若いつもりでいた俺も、早くもおじさんのクラスにはいりつつあるのかと今更のように気づいた。ちょっとやりきれない気もする。

「なにがジャズだ。なにがブギウギだ」

なんていっているうちに、時代に取り残されてゆくのだろう。クルクルパーでも、さいざんすでも、どんどん消化してゆかないと、気のつかないうちに、アナクロのレッテルをはられることになるのかもしれぬ。

「若さっていうのは、もっと精神的なものだ」

と、以前なら力み返っていただろう。そう息巻いてみたところで現実に年の若い人たちが離れてゆけば、すましておるわけにもゆくまい。心も身体も、若くありたいといったら、欲張りすぎているであろうか。せいぜい、久美子に、ダンスを教えてもらうことにしよう。

下宿へ戻ってから飯を炊くのも面倒なので、近くのソバ屋へ行って、腹をみたした。

同じ下宿の吉田が就職してから、顔を合わせる機会が減って、時々無性に寂しくなることがある。一人で暮らすということは、大変に難しいことだ。学生時代はダべる相手はいくらでもいたが、今はそれがない。机の前には、分厚い本が沢山並んでいる。俺は、いつものように、綻《ほころ》びかけた着物に変えて、机に向かう。

考えてみれば、会社へはいってから、ぼつぼつ一年になるが碌《ろく》なことを覚えていない。

ただのお酒を飲んだり、パチンコで憂さ晴らしをかねて、百円、二百円とすってくる。ときには、会社の女性社員と話もしてみる。がどうも考えていることがイスカのはし（注12）になる。つきあいだと己に言い聞かせてストリップも見たし、宝塚ものぞいてみた。時間中に、うまくぬけだして、郵便局や銀行へ行って、私用を足すこともおぼえた。今は怪しげな話の仲間入りだってできる。しかしそれが何になるのだ、自慢になることは、ひとつもない。それでいて、

「あんた、この頃とっても、世慣れてきたようね」

と、寄稿家の先生たちがほめてくれる。世慣れるなんていわれたら、以前は軽蔑されたように感じて、顔を赤くして怒ったものだった。

全く、世間という存在は、おそろしい力をもっている。頑なに自分の世界を守って、大手をふって歩いていけると信じていた男の姿が、いつの間にか消えている。

言いたいことを言って、喧嘩して会社をやめる度胸もない。

「居るかい？」

襖《ふすま》があく。あいつだ。吉田が来たと思ったとたんに、俺は昔の俺に返る。

「居るから、あくのさ」

「泥棒は、いなくてもあけるぜ」

「幸いなことに、ぬすまれるものがない」

二人は、懐かしさをこめて笑う。

「先生という職にもなれたかい」

「うんまああ。どうだい、君の方の会社は?」

「景気はいいようだ。月給がのこるから」

「そりゃあ使わないからさ」

吉田は、俺の綻びかけた着物に、チラッと目をやって笑う。着物が、そのとおりだと答えている。俺もしかたなく苦笑する。

「勤めて、一番つらいことは?」

「日曜日以外、朝寝坊のできないことさ」

あっさり吉田が答える。

「ところで、一度旧友たちと集まろうや」

「いいねえ。大賛成！」

俺は、吉田の提案に、一も二もなくとびつく。旧友たちというのは、高校の寮生活で、同室だった連中である。

「坂本の奴、どうしたろう」

「ありゃあね、神経痛の薬をつくっているそうだぜ」

俺の質問に、吉田が答える。

「なるほど、生化学を勉強したんだからね」

「なんでも、今度は、寝小便の薬の研究にとりかかったと聞いた」

「あいつらしいや」

俺は、他愛なく笑う。

「戸山は、どうしてる？」

今度は、吉田がたずねる。

「うん。結婚したとかいうけれど……」

「例の生徒とかい？」

「それが、どうもちがうらしい」

吉田は、俺のはっきりしない返事に、軽くうなずく。

「ちがったって、不思議なことはないよ」

「どうして？」

吉田は、長い話をする機会を得たとばかりに、ちょっと舌なめずりをする。

「よくある奴さ。初恋の成就しないというのは……」

「でも、ずいぶんご執心のようだったぜ」

戸山は、大学を出てすぐに、女ばかりの高校で教鞭をとった。そこの女生徒の一人に、すっかり熱をあげてしまい、教員間でも、問題になった。女生徒のほうは乗り気だったと聞いている。

「執心だって、なんだってダメさ」

「しかし反対は親のほうだろう、結局は本人の意思の問題だと思うな」

「そう思うのは、世間知らずさ」

「そんな！」

「いや。よくあるだろう。非常にすぐれていても、みんなには好かれないというのが」

「ああ」

「つまりね。俺たちの若いうちは、世間とかなんとかを考えずに、自分の好きなものを思いつめてしまう。それだけが、神様みたいな気がして、夢中になる」

「それから」

俺は、チラと久美子を思い浮かべて、吉田を促す。

「ところがね。いざ結婚となると、なかなかそうはゆかない」

「それが、つまり意思の……」

「いや、意思っていうけど、世間を敵にまわしては、意思もへったくれもあるものか。早い話、自分だけが、平和をとなえていても、どんどん軍備が進められれば、どうにもならないじゃないか。自分だけが百点をつけても、親が五十点をつける。そんな女性よりも、自分も世間も、八十点をつける女性に、どうしても軍配が上がってしまう。初恋っていうのは、清純なものだけに、汚い世間を考えに入れていない。まわりが見えない。だから、いざなると、自分の意思だけでは、どうにもならない。結局、大勢に従うことになるのさ」

どうだという顔で、吉田は、俺の顔をみやる。ひょっとしたら、吉田にも苦い経験があるのかもしれぬ。いや、駆け落ちまがいのことをしたが、うまくいかなくて別れた経験もかつてはあったと吉田が遠回しにしゃべってくれたこともあった。

「そんなものかな」

「そうさ。一人だけの力なんて、知れてるよ」

吉田の結論は、断固としている。そんなことはないと、反論するためには、自らその実例を示さねばなるまい。現に就職してからの俺は、世間という奴の力を、いやでも知らされてきた。吉田の駆け落ち話の折もいたずらに手をつかね、何一つ、指一本動かそうとしなかった自分の不甲斐なさを、野咲は知っている。

俺は、自分があまりにおめでたいような気がしてくる。一方、吉田の自信たっぷりの物言いに何かやりきれぬ思いもする。

みんな変わってしまったのかもしれない。

俺自身がそうなんだから。個性であろうと、善意であろうと、一切ひっくるめて世の中の力が押し流してしまう。この流れを変えようというのは、大それたことかもしれない。

せいぜいが、善意をひそかにもちこたえて、流れてゆくのが精一杯のことなのだろう。

「みんな変わっただろうな」

「そうだな。集まると、お酒を飲む。昔話が出てくる。ひとしきり若返ってみる。青春をとりもどす。翌日からはまた世間に負ける。それだけのことかもしれない」

吉田は、かすかに笑った。俺は、心の中で、「久美子」と、何度かくりかえしてみた。その言葉にだけ、今のやりきれない気持ちを救ってくれるものがあると信じていた。

注1　長頸烏喙＝史記に登場する紀元前5世紀の中国春秋時代後期の越王、勾践《こうせん》を評したことば。首が長く、とがった口先をした人相。才知があり忍耐強い一方で、有事困難を共にすることができるが、安楽をともにすることはできない性質のことをいう。
注2　項羽＝紀元前3世紀に活躍した秦を滅ぼした稀有な武人。日本では司馬遼太郎の「項羽と劉邦」の小説で有名となったが、現代ではゲームの方が有名かもしれない。
注3　ア・プレゲール＝フランス語の〝apres-guerre〟。戦後派を意味する言葉。フランスでは第一次大戦後のことだが、日本でこの形式が流行ったのは第二次大戦後で、金縁に「戦後世代だなあ」といわれたわけである。大学や会社名はともかく少女小説作家として引き合いに出された吉良女史は他と同様に実在の人物ではない。昭和十年代の吉屋信子や中原淳一などの有

名作家のこと。

注4　ここで言う「マンガ」とはのらくろのような他愛のないもの。この頃、電車の中で、人の読んでいるものに興味を示されるのは日常茶飯事だったようだ。

注5　端書《たんしょ》＝ハガキのこと。ここでは読者が感想や意見を書いて送ってくるハガキや封書のことを指している。

注6　「ファウスト」＝十八世紀のドイツの文豪ゲーテの有名な戯曲「ファウスト」の主人公。悪魔メフィストーフェーレスと、死後の魂を渡すかわりに、現世でのあらゆる欲望を叶える契約をし、人生を再びやりなおす。

注7　六大学野球リーグで東大はいつも負けていて静かだが、メーデーでは東大はかなり騒いでいる、という意味。権力に反抗すると気概があるという意味と、めんどくさい相手だという双方の意図が含まれいる。なお、東明大とは東大、法経大とは法政大のこと。

注8　「寸暇を惜しまず働いた」は「寸暇を惜しまず努力」「労力を惜しまず働いた」、「汚名を挽回」は「汚名を返上」「名誉を挽回」が正しい。

注9　「形而上」は形をもっていない究極的なもの、形のあるものは「形而下」。

注10　普の時代、文学者左思の大作『三都賦《さんとのふ》』は人気が高く、人びとがこれを書き写すため、洛陽の紙の値段が上がった。

注11　「紀元は二千六百年の時代に育った俺に」＝戦時中に育った俺にといったところだろう。

注12　「イスカのはし」＝ものごとが食い違い思うにまかせぬこと。イスカは鳥でくちばしが左右互い違いであることからきた言葉。

春の歎き

1

三年後に敏子が高等学校を卒業したら、信吉と結婚させたいと、敏子の母親は考えていた。

その話が持ちだされたのは、信吉が、やっと就職がきまって、上京しようという前々日の朝であった。信吉は、返事のかわりに、たてつづけに新生（注1）を二本すった。

「御返事は、上京までにいただければけっこうですわ」

そう言いのこして母親がひきさがると、信吉は、すぐに外出の支度をはじめた。

新しい紺の背広を身につけ、不器用な手つきでネクタイを結びおえると、わが家のように親しみきっていた、敏子の家の古びた門をくぐりぬけた。

春はまだ浅かった。土手の上で一匹の山羊が、黙って草を食べていた。

「変らない。何年経っても・・・」

信吉は、今更のように、昔を思い出していた。大学の休みごとに、両親のない信吉は、敏子の家を訪れて、のびのびと手足をのばすのが常だった。その度に、このおなじ山羊の姿を見たと思う。

信吉は、敏子を愛してはいたが、恋愛というには、まだ稚い気持ちだった。自分の心にたしかめてみて、即座に應諾《おうだく》の返事をするには距離があった。敏子の母親に答える前に、心にかかっている幾人かの女を確かめてみたかった。

二十分ほど歩いて、潮の音を耳に出来る駅から名古屋行きの汽車に乗った。だれよりもさきに、久美子の家を訪ねてみる積りであった。

信吉は、久美子とは十年近くも会っていない。顔を合わせた所で、お互いにそれと気附《づ》かないで、すれ違ってしまうかも知れない。それでも、信吉は、久美子に会って、話さねばならないと思った。今も残っているつながりといえば、小学校の卒業アルバムの中に、多勢の女の子たちとまじって、豆粒ほどの顔を出している、一葉の写眞があるきりにすぎないけれども、それだけに、信吉には忘れられない人となっている。十年の歳月が彼の心の裡《うち》に、偶像をつくりあげていた。――久美子は、既に他人の妻になっているだろうか？

それとも、病気でもうこの世から姿を消しているだろうか？　――現在の久美子の姿を、信吉は何ひとつ知らない。いつでも、好きな時に、あのあどけない笑くぼを浮かべて、大きな目を、ますます大きく見ひらいて、信吉の前を飛びまわってくれる。日ましに美しくなった姿だけが、信吉の心に刻まれていた。

信吉は、大雪の日に、広島から名古屋の小学校へ転校してきた。最初の読方《よみかた》の時間にアクセントが違うばっかりに、先生にまで笑われて、すっかりいじけてしまい、次の書方《かきかた》の時間には、筆を持つ手が、はた目にも気附《づ》くほどにふるえていた。

ハッとした時には、もう遅かった。二枚しかくれない清書用の紙に、筆をおとして、折角書き上げた字をよごしてしまった。悲しかった。信吉は、黙って涙をこらえていた。

「わたし、一枚で大丈夫だから、これ使ってちょうだい。」

泣顔の信吉の前に、隣席からツと手がのびて、一枚の清書用紙がおしやられた。

「ありがとう。」

信吉は、そうお礼をいうのが精一杯だったが、その時の久美子の、笑くぼのある顔だけは忘れられなかった。二人の清書は、仲よく教室の後の壁に張り出された。

そんなことがあってから、信吉は、久美子とよく遊んだ。家も近かったのを幸い、二人は誘いあわせて、一緒に校門をくぐった。翌年、信吉は級長になり、久美子は副級長をつとめた。信吉は、縣立《けんりつ》の中学校にはいることを夢み、久美子は、おなじように、縣立の女学校へ入学したいと思っていた。

幼い二人の夢は、まず久美子の上に表れた。

入学通知を手にして、早速セイラー服をつけ、久美子は大はしゃぎだった。信吉の方は、その日に落第の憂目にあった。まのわるいことには、つづいて受けた私立の中学まですべってしまった。小学校での成績がよかっただけに、信吉はただ茫然とするばかりだった。母親はオロオロするし、父親は「親に恥をかかせる」と言って怒った。

信吉の涙は、一週間目でようやく喜びに変った。私立中学に、補欠入学を許されることになったからだ。信吉は、その日、久美子の家にお礼にゆくように、母親に言いわたされた。信吉の悲歎を見かねて、久美子の両親が、伝手《つて》を頼んで、やっと補欠入学を認められたとのことだった。口頭試験の成績が、ひどく悪かったのだとも聞かされた。

和服を着た久美子は、変に大人びて見えた。久美子の父親にお礼を言いおわって、目をパチパチさせている信吉の前で、久美子はいつもの笑くぼをみせた。信吉は、その顔が、王女様のように思えた。

中学の二年になる年に、父の転勤で、信吉は大阪の方へ転校することになった。久美子は、赤い大きなリボンを頭につけて、セーラー服で見送りに来てくれた。

「さようなら。」

「さようならー。」

二人は、それだけの言葉をかわしただけである。そのくせ、信吉は、何度も窓から身をのりだしては、だんだん小さくなってゆく久美子に、繰り返しくりかえし手を振った。

信吉は、大阪の中学で、勉強にはげんだ。四年生になって、進学の希望を尋ねられた時は、言下に、

「名古屋の高等学校（注2）へ行きます。」

と答えていた。信吉の心の中で、久美子は成長していた。もう一度会いたいと思った。

首尾よくマントをつけ、白線帽を被り、朴歯《ほおば》の下駄をひっかけた信吉は、入学して半年

も経たぬうちに、鉄工場への勤労動員にかりたてられた。夜を日につぐ空襲に、学校の寮も焼けてしまった。信吉は、旧友達の噂話に久美子の住んでいる筈の町が、まだ焼け残っていることを聞いて、ひそかに胸をなぜおろした。久美子も女学校の最上級生として、工場ではたらいているとのことだった。無事だと知れば、わざわざ工場をエスケープして、たずねる気はおこらなかった。工場での労働と、学校での勉強で、信吉は追いまわされていた。信吉は、久美子と再会する日を、更にのばそうとした。

「東京の大学を出て、ひとかどの人になってからでもおそくはあるまい。」

彼は、そう心に言いきかせた。絶えず久美子は、信吉の中に生きていた。お互いに、立派になってから会いたかった。心の中にだけ久美子の夢を育てつづけた。

信吉は、下宿に遊びに来た友だちに、小学校の卒業アルバムを、開いて見せた。

「この中で、気に入るメッチェンがいるかい?」

笑いながらも、眞剣な気持ちだった。

「なんだ。まだみんなDas Kind（注3）じゃないか。これでは、シェーン（注4）もくそもあるものか。」

友達は苦笑しながらも、ひとわたりそのアルバムに目をとおした。豆粒ほどの顔を見おわってから、

「これは、ちょっといいな。」

指したのを見やると、信吉のひそかに期待していたとおり、それは久美子の幼ない顔だった。

「ハハハ……」

信吉は、心から楽しげに笑った。

信吉は、その後、この友だちの家に下宿をうつした。名古屋までは、一時間ほど汽車に揺られねばならなかったが、ここにも久美子の賛美者の一人がいると思うと、何かむしょうに愉《たの》しかった。その友達は、終戦後病死してしまったが、信吉は、相変らずこの家に落ちついていた。それが敏子の家である。

信吉は、名古屋駅に着くと、まっすぐに久美子の家を訪ねた。何年も歩いたことのない道ではあったが、一軒々々記憶に残っている家並みが続いていた。頭の中で日に数度も通っ

たその久美子の家の前に信吉は立った。

「ごめんください。」

声をかけようとして、クルリと踵を返した。胸が早鐘のように鳴っていた。その家の表札が変わっていた。信吉の稚い夢は、いやでも断ち切られねばならなかった。成長した現実の久美子を探すあてはなかった。久美子が卒業した筈の女学校を訪ねて、同窓会名簿をしらべてもらう勇気はなかった。十年前の夢を辿る信吉を、だれも理解してくれまいと思った。

「会えなくてよかったのだ。」

信吉は、そう呟いていた。久美子は、めぐり会えなかったことで、一層美しい記憶となって、自分の心の中に、生き続けるに違いないと思った。

2

信吉は、滝子行きの市電に揺られていた。高等学校の側にある、始《はじめ》の下宿先きを訪ねる積りだった。名古屋へ来る度に、彼はその家を、一度は訪れることにしていた。寮を焼け出されて、数か月は、その横山さんの家で過した信吉である。

横山さんは今は未亡人である。信吉より、ふたまわりほど年上であろうか。子供のないこの素人下宿で信吉は用心棒あつかいだった。薪割りも手伝ったし、風呂桶の水汲みもした。そのかわり、時どきは、会社から帰って来た御主人の相手をして、二合ばかりの酒に、顔を赤くすることもあった。そんなときに、奥さんの方は、気のどくそうに、主人の横から、信吉の顔を見やっていた。

横山さんの御主人は、空襲で死んだ。その通知は敏子の家にいた信吉の所へも舞いこんだ。信吉は、早速お通夜にいった。

初七日の日にち、二七日《ふたなのか》の日にも、信吉は未亡人の家を訪ねた。信吉にすれば、世話になった横山さんを、少しでも慰めることができればと思ったまでである。

「あなたの爲《ため》にわるいから……」

未亡人は、近所の噂をそれとなく話して信吉の訪問をことわったが、まだ若い信吉には解せなかった。

「ただ訪ねて、話をして帰るだけのことじゃないか。」

彼は世間の軽口を笑った。義理固くしているのが、何が悪いのかという気持ちだった。

東京の大学へはいってからも、長い休みの時には、おみやげを持って、この家を訪ねてみた。その頃には、もう近所の人は、噂をやめていた。信吉は、とうとう自分の心が世間にも通じたのだと思った。横山さんも、今は心から彼の訪問を、待ちもうけてくれるようだった。


敗戦後のインフレで、おきまりのように経済が苦しくなり、横山さんは、また下宿人を何人もおきはじめた。みんな信吉がいた時とおなじように、学生ばかりであった。信吉が訪問する時には、彼とおなじように休みのことゝて、帰省している人が多かった。

大学の二年目の夏休みに、信吉は、例年通りわさび漬を持ってこの家を訪問した。学生達は、揃って田舎に帰っている留守中であった。ひきとめられるままに、信吉は、その夜、横山さんの家に一泊した。

信吉は、その晩、はじめて横山さんを、女として意識した。湯上りの未亡人は、眩しく信吉の目に映った。ねむっていた意識が目をさましたのかも知れない。離れた部屋の中で、信吉は、何度も寝返りをうった。接吻ひとつしなかったのに、心では姦通が営まれていた。翌朝、信吉は、バツのわるそうな顔で、未亡人と朝食を共にした。気のせいか、彼女も度々目の合うのを避けるように思えた。

そのまま、信吉が敏子の家にもどれば、何の事件も起る筈はなかった。苦い記憶を残すだけで済んでいたに違いない。もう一晩と、甘える気持ちになったのが、二人の関係を進めてしまった。

信吉は、抱擁のあとで、おそろしい気持ちになった。早くこの罪を消してしまいたかった。しかし会うごとに、罪の意識は薄れていった。夜が短くなっていった。羞恥は歓喜に変っていった。

一人になると、流石に信吉は、心が重かった。それでも、学校がはじまれば、何食わぬ顔で、東京にまいもどった。休暇のくるのを、期待と不安で待つ信吉だった。

「今日こそ、二人の関係に結着をつけたい。」

信吉は、そう考えて、未亡人の家にはいった。

横山さんは、薄化粧をして、信吉を迎えた始の夜が思いだされた。

「今日は、ちょっとお話したいことがあって……」

信吉がきりだすと、未亡人は、かすかに微笑した。

「別に、あらたまる仲でもないじゃないの？」

口ごもる信吉の顔を見やって、未亡人は後《あと》の言葉を催促した。

「実は、結婚の話がでて……」

その信吉の言葉に、未亡人は流石に坐り直した。

「相手は、例の敏子なんですが、まだ先きの話です。僕は返事をする前に、あなたの事を考えてしまって。」

未亡人は、苦笑したようだった。

「僕達は、時々しか会ってはいないんだけれど、お互いに愛しあっているのだから、僕としちゃあ、あなたと結婚しなくては、いけないと思うんだけど……」

信吉の言葉は、またとぎれた。横山さんは立って障子を閉めた。

「それで、あなたの気持ちもうかがいたいと思って……」

信吉は、我にもなく吐息の洩れるのを覚えた。返事が与えられるのがこわかった。

「まあまあ、何をおっしゃるかと思ったら、そんなこと。」

横山さんは、わざとらしく笑うと、

「そんなこと、ちっとも気にしなくていいのよ。そりゃあ、私とのことで、随分苦しんでらっしゃるでしょうし、結婚まで考えてくださるのは、ありがたいと思うわ。でも、年も大分違うでしょう。あなたに、私を奥さんにする勇気があって？」

その言葉は、信吉の耳に痛かった。一言もなく彼はうなだれた。

「そうかしこまらなくてもいいの。私だってもう四十過ぎよ。若いあなたと結婚する元気はないわ。世間の目だってあるし……」

信吉は、その返事を感謝した。自分でも醜い心だと思いながら、何か重荷がおりたような気がした。

信吉も、横山未亡人も、自分を守る気持の方が強かった。

「信吉さんは、義理固いわねえ。」

未亡人は、そう言って笑った。信吉は赤い顔をした。彼は、今義理固い人という批評で、大手をふってこの家を訪問する身になっていることを知っていた。

別れ際に、二人はどちらからともなく接吻を交した。生温かい快感が、信吉の口中にのこった。

「これでお別れでしょうね。」

横山さんは、立ち去ろうとする信吉に声をかけた。生返事で、信吉は腰をあげた。我知らず、安堵の嗂息がもれるのを、どうしようもなかった。

「二人の事は、敏子さんに喋《しゃべ》ってはだめよ。何でも口に出してしまう方が、気持ちは楽でしょうが、言ってならないこともあるものよ。」

未亡人は、年上らしく、信吉に注意を与えた。何かその言葉に、ハッとさせられながら、信吉は、大きくうなづいていた。

ふたたび市電に乗った信吉は、何度も安心した気持ちになる自分を呪った。たまらなく不潔なものに思えた。それでいて、あっさり自分と別れることにしてくれた横山さんに感謝する気持ちだった。それを訝しく思いながら、信吉は、一刻も早く、遠ざかりたいと焦った。一駅毎に、電車のとまるのが、もどかしかった。

午後の日射しが、暖かく照りつけていた。駅前の花壇には、春の花が膨らみかけていた。信吉は、名古屋まで出たしるしにと、名物のウイロウを求めてから、敏子の家に向かった。その母の前に、彼は保留しておいた返事をする気でいた。

「敏子は、ほんとにかわいい。」

信吉は、大きなクリクリした彼女の目を思った。いつも「お兄ちゃん、お兄ちゃん。」といって甘える敏子を、妻にするのも、因縁のように思えた。

「俺の頽廃した心が、清純な敏子に惹かれたのかも知れない。」

信吉はそう理くつづけてみた。

「上京前に、また図画を手伝わされるかな?」

それを思うと、ひとりでに苦笑した。たかが中学の図画と決めて、いい加減に手をいれたら、それが悪い点をつけられて、敏子が泣いて帰ってきたことがあったと思う。「今度は卒業前の図画だから、念入りに手をいれて、展覧会に出させてやりたい。敏子がほめられれば、自分だってわるい気はしない」と、信吉は思う。

「それとも、やっぱり自分の力だけでやらせた方がいいかな？」

信吉は、一時間の汽車の退屈しのぎに、あれこれと想像して、楽しんでみた。

3

敏子の家にもどると、信吉の机の上に、分厚い封書がのっていた。達筆の女文字だった。ここにも、まだ片附けねばならないものが残っていることを知ると、信吉は、素早く電燈のスイッチを捻って、見覚えのあるその文字を読みはじめた。

差出人は、信吉が東京の大学で、アルバイトに中学の先生をしていた時に、一年ほど教えたことのある貞子であった。それきり往来はしなかったが、文通だけは続けていた。貞子が高等学校にめでたく入学したことを知らされたのは、一年前だった。

拝啓　立春とは申しながら、まだまだ寒さは続くようで御座います。東京でも、ついに三日前、珍しく大雪が降り、いまだにそこかしこに、残雪が見られます。

先生の御就職が決まったとのお便りを手にしながら、御祝いの言葉も差しあげなかったのは、此の間から軽い風邪を患っていたためです。でも今日は、どうしても御手紙を書きたくなりました。

私がお話ししたい事というのは、勿論私個人のことなのですけれど、先ず第一に、先生にお詫びしなければならないことがあるのです。と言いましても、先生には何のことか検討がおつきにならないでしょうが……

私は今日まで、自分というものの本当の姿を何一つ言わずに参りました。悪い心で、先生をだましたり偽ったりした積りではないのですけれど、私の欠点である虚栄心が、自らそうさせてしまったのです。

私は自分の境遇や家人等について、他人には余り知られたくなかったので、出来るだけそれに触れずにきました。その代り、私も先生については、何一つお伺いしては居りません。ですから私は、今まで随分先生とはお親しくしていただいて来ましたが

(こんな事申しては失礼ですけれど) 先生はまだお独りでいらっしゃるのかどうかも、存じません。(先生とおつきあいさせて戴くようになりましてから、早や四年になりますのに、まだお互いにお写眞の交換もして居りませんね) おさしつかえ御座いませんでしたら、先生御自身についてのこと、お聞きしたく思って居りますが……

先生には、学校でも御手紙ででも、随分御世話になり、色々なことを教えていただいて来ました。ですから私は、他のだれより以上に、先生を尊敬し、又信じて居ります。どうぞ煩わしいことでしょうけれど、少しの間私の話すことをお聞きになって下さい。

——ためらわずに申しましょう——

実は私、先生には高校に通っていると申して来ましたが、本当は近所の製糸工場へ勤めて居るのです。

最初父が、家の経済が思わしくないから、高校は諦めて勤めてくれるようにと言ったときは、あまりのことに口もきけませんでした。家の経済状態を全々知らない訳ではなかったのですが、父の他、三人の姉が勤めて居りましたし、又丁度その年、高校を終えた兄が、就職することになって居りましたので、どうにか高校だけは上げて貰えると思っていたのです。受験勉強に夢中で没頭していた私の、その時受けた打撃は、今だに口にも筆にも表わせない程です。私はその苦しさに、何度家をとびだしてしまおうかと思ったか知れません。

でもその時、私の持ち前の負けん気が（先生は、いつも私の負けん気を、ほめてくださいましたね）首をもたげて来ました。よし例え勤めていても、皆にまけないだけの勉強はして見せる。どんなことがあってもきっと・・・私はそう決心して、今の生活に、目をつむってとび込んだのです。

卒業間際にこんなことになったので、学校を通じた就職の手続きがとれず、他に適当なところが見つかるまでという約束で、私が死んでも行くものかと思っていた、父の勤めている工場で働くようになったのです。

この頃から、私は多少ひねくれ者になったようでした。私は学校では、人一倍朗らかでしたが、会社ではまるで別人のように、必要以上の口はきかず、黙々として居りました。女工には成りきってしまいたくなかったのです。申し遅れましたが、私は糸をひく方ではなく、部所は〝仕上〟で、出来た糸を計って、個人の成績を出し、また一日の綜合成績などを計算する仕事をして居ります。見栄でなまけ半分に通って、それでも卒業しておいた〝珠算学校〟が随分役に立ちました。

慣れないうちは、勤めのつらさに、何度か人知れず涙をこぼし、自分が製糸工場の女工であることを意識する度に、情けなくて泣きましたが、今ではもう諦めがついて来て、それ程考えなくなりました。私だけが苦しんでいるのではないのだ。そう思って、今では希望を持って生活して居ります、
私が働くようになれば、少しは家の暮らしがが良くなるだろうと思って居りましたが、全然そうではありませんでした。

父はサラリーマンには必要な学歴のない為か、給料は安いですし、就職した兄は、家に入れるどころか、自分の生活費にさえ足りず、三人の姉も高校を出て居りませんから、その程度は想像出来ます。

私の給料といえば、中学校卒では、本当に雀の涙ほどのものです。給料日には、もう少しとれれば……と、決って歎息します。セーター一着作るにも千円以上かかる今

の世の中で、二千と某《なにがし》かのお金で、どうして生活すればよいのでしょう。そこへもってきて、お米の値上がりや、無駄使いのようなお正月……私は今何につけ考えるのは、只お金のことです。こう申したら、先生は、私の心をいやらしいとお思いになるでしょうか。いいえ、どうぞそうお思いにならないで下さい。生活苦に喘ぐものにとって、これは考えざるを得ないことなのです。

いつかの先生のお手紙でおすすめくださった本に「生活のため、勉強のために、正しくお金を儲けようとする事は、決して恥ずべきことでもいやらしい事でもない。」と書いてありました。私はこの言葉を思い出して、闇の中にも、かすかな光を見出しました。

度々、教室で先生にほめていただいた作文の時間は、私にとって何よりも楽しい時でした。書いてみよう……と、私は思います。幸い、先生のお勧めさきは、雑誌社と承りました。もし先生から御推薦していただければ、どんなにか嬉しいことでしょう。それに依って家の経済が少しでもよくなるならと、わかりきった拙い筆で、恥をしのんで、書いてみる積りです。

御迷惑なお願いかも知れませんが、先生を唯一の頼《たよ》りとして、眞剣な気持でお願いするのです。筆は拙なくも、私の一生懸命な気持をお察し下さい。

私も今春で早や十九歳（数え年）になりました。何時までも子供のような気持では居られないと思うのです。

――生きようと思います。どんなことがあっても、どんなに貧しくとも、正しく強く生きようと思います。そして今、勉強から離れたくはありません。許される限り、もっといろいろな知識を身に着け、教養をゆたかにしたいと思うのです。

私の気持ちというより、私の境遇が解っていただけましたら、先生、どうぞ私の為に御尽力《じんりょく》下さいませ。心からお願い致します。

随分長く、まとまりのない文になってしまいましたが、私の先生を信じて、お話したかったことは以上です。どうぞ嬉しいお返事をお聞かせ下さいませ。

では、お勤めさきの雑誌社の皆様にもよろしく。お身体には、充分お気をつけ下さいませ。先生の御発展を、心からお祈りいたして居ります。

貞子

長い手紙を読みおわって、信吉は自分の罪を感じた。顔をみないでいるうちに、貞子が自分を偶像に祭りあげていることを知った。就職したばかりの自分に、どれほどの力があるだろうか?どんなに力んでみても、たかだか、今の仕事を軽蔑してはいけないこと、ひとつの仕事さえ忠実にやれない人が、どうして他の仕事を立派にやりとげることが出来ようかと、もったいぶって、言い聞かせてやる力しかなかった。それさえも、生《なま》の苦しみを味っている貞子に告げるのは、憚《はばか》られた。すべての言葉が、信吉には無意味なものにさえ思えてきた。現実と眞剣に戦うだけの勇気が、彼には欠けていた。夢みることだけしか知らなかった。久美子に会うことをさけ、横山未亡人とは、別れを交した今、貞子にも、手紙を出すことが恐ろしかった。

4

上京の日、敏子の母は、結婚の約束をしてくれるようにと、改めて信吉に頼んだ。

「敏子さんの将来を、今から縛ることは、何かおそろしい気がする。」

信吉はそう答えた。

「でもね、あの子も、けっこうあなたを慕っているようですわ。この間も、学校でわたされた調査表に、保護者という欄があるでしょう。だれだって、おとうさんやおかあさんの名前を書くのに、あの子ったら、あなたの名前を書いてしまったんですよ。あとで先生からその話を聞かされて、大笑いしたんですけれど、じぶんでは『だって、私のことならなんでもしてくれるわ』って、すましていますのよ……」

信吉は、その敏子の気持ちを有難いと思った。しかし、敏子の前には、信吉は、自分のよい面だけしか見せていなかった。惨めな信吉の姿を知ったら、敏子は失望するに違いない気がした。

「敏子さんは、まだまださきがあるんだから、その話は、もっとあとでもいいと思いますが……」

信吉の言葉は、結局この場を逃れるためのものでしかなかった。母親が、一人娘の敏子を、信吉の許婚《いいなずけ》にしようと思っていることは、折に触れて察せられることだった。老いさきの短かいこの家の両親は、早く家を譲って、安心したかったのである。それには、死んだ息子の親友でもあり、気心の知れた信吉が、一番相應《ふさわ》しく思えた。

「その話は、上京してから御返事しましょう。とも角、勤めさきで働いてみなければ、僕だって、先きのことに自信がもてませんから……」

信吉は、それだけ言うと、汽車に乗る準備をはじめた。

「あなたな、東京に好きな人がいらっしゃるんじゃないでしょうね。」

本をトランクに詰めていった信吉は、まじまじと敏子の母親の顔をみつめた。

「僕に、そんな甲斐性はありませんよ。」

答えてから、しきりに心が咎められた。

「僕は卑怯者なんです！」

そう大声で叫びだしたかった。その言葉さえ、思いきって口にだせば、自分が救われるような気がしたが、敏子の母親が眞顔でひかえているのを見ると、ただ黙って手を動かしつづけた。

「もう、この家にも来ないかもしれない。」

信吉はたまらなく淋しかった。

×　×　×

三年後、信吉は一人で、カメラを持って、神宮の外苑を歩いていた。無精ひげがのび、シャツには、アイロンをかけた様子もみられなかった。時々、アベックを横目でみては、さびしい顔をした。きょうもまた春の日差しが、眠そうに照りつけていた。

（昭和29・2・15）

注1：紙巻の煙草の銘柄。
注2：旧制第八高等学校のこと。名古屋大学の前身。
注3：ドイツ語。「ほんの子ども」の意味で使われている。
注4：「シェーン」＝1953年（昭和28年）公開の映画。ジャック・シェーファーが米国南北戦争後の西部開拓時代を描いた同名の小説を映画化したもの。本作品のこの記述の時点では1950年（昭和25年）であり事実としたら変なのだが、筆者が書いた年代に映画が爆発的にヒットしていたためこのような表現となったのだろう。

雑草

「お早うございます。信二さんのお宅はこちらですか?」

聞き慣れぬ若い男の声に、信二は、首をかしげ乍《なが》ら、無造作な寝間着の儘《まま》、玄関をあけてみた。人なつこそうな学生服の男が、疲れた顔にオズオズと微笑を浮かべて立っていた。

「信二は私ですが、貴方は?」

少し許《ばか》り、好意のこもった声で訊ねると、相手は急に明るい顔つきになって、

「僕、長山昭三です。信二さんのお兄さんから、お手紙をあずかって来ています。どうぞ宜しく。」

その男の下げた頭は、勤めだしてから、一月になるやならずの信二の仕草よりも、ずっと板についたものだった。苦笑した信二は、取りあえず、この学生を招じ入れ、

「ちょっと、そこで待って下さい。」

と言うなり、敷きっ放しになっていた蒲團を、手早く畳みはじめた。

「お手伝いしましょうか。」

学生の声に、信二は、瞬間ポカンとして手を休めたが、すぐに、怒ったように手荒く押入れを閉めていた。

「大変ですね。毎日お独りで……」

一間きりの部屋を眺め廻しながら、再び長山と名乗る学生が声をかけた時は、信二が、やっと兄の手紙の封を切りはじめた所だった。

「一寸待って下さいよ。僕は、この手紙を読んでしまいますから。」

無愛想な返辞をした途端に、長山は、また妙におじけた様子に戻って、神妙に膝を見詰めた。その姿に、チラと目をやった信二は、何だか自分が傷つけられた気がして、苛々して来たが、その儘《まま》黙って坐ると、手紙の方に目をやった。

兄の手紙は、頗《すこぶ》る簡単なもので、

——前便でお願いした長山昭三君です。万事宜しく——

と記されてあるだけだった。生憎《あいにく》、その前便とやらを未だ手にしていない信二は、この紹介状から、長山昭三という男を知る由もなく、前でうつむき勝ちに座っている姿に目をやって、

「えーと、どういうご用件でしょうか?」

ぶつきら棒に聞いてみた。その問に、長山ははじかれたように後退りして、

「そのお手紙に……」

と口ごもった。その如何にも困ったという顔に、信二は、危うく微笑を返す所だったが、強いて生眞面目な口調で、

「いや、この手紙の前に、兄は、僕宛ての手紙を出して、貴方のことを詳しく書いたらしいのですが、それがまだ此方へ着いていないのです。万事宜しくとは、今の手紙にも書いてあるけれど、それだけでは、さっぱり何の事か解らないもので。」

と説明した。

長山は、ここではじめて、東京の夜間高校の試験を受けに来たので、一晩泊めてもらいたいということを明かした。朝食の膳につき乍《なが》らの話によると、愛知県の兄の勤めている紡績工場の職工をしていたが、唯もう勉強をしたい一心で、兄に頼んで、いろいろと受験準備をして貰い、新宿のある夜間高工に願書を出したが、その試験が今日の一時からあるので、夜行で上京したのだという。

「お兄さんがおっしゃってましたが、偉くなる爲には、学校を出てなくちゃいけないって。向こうの親戚からは、猛烈に反対されたのですが、職工で一生終わるのがつまらない

し、思い切って、試験を受けてみることにしました。」

喋《しゃべ》り出すと、段々流暢になって終いには、

「今晩は、宜しくお願いします。」

と、両手をついた。

「一晩位なら、いっこう構いませんが、後はどうする積り?」

信二の問に、

「学校のはじまるのは、ひと月先きのことですから、それ迄に、親戚の人に頼んで貰って、下宿を見つけます。試験さえ終われば、一度向こうへ帰って荷物も準備する積りです。」

長山は、きっぱりと答えた。

信二は、出勤時間の迫ったことを知らせる時計を気にし乍《なが》ら、家の鍵の開け閉めと、新宿までの道を教えて、

「鍵は、隣の家にでも預けて行って下さい。まだ時間があるから、蒲團を出して、ちょっと横になったら……僕は、今日は土曜日だから、多分二時頃には戻れる積りです。」

それだけ言い残して、腰をあげた。長山の不安げな顔が、少し気になったが、勤めはじ

めた許《ばか》りの会社を休むことは、信二の性分として出来なかった。

未だ慣れない雑誌の編集の仕事に、追いかけられるような時間を過した信二は、帰りの電車の中で、今朝の男の、ひどく世慣れたそれでいて、何処かオズオズと生《うぶ》な所もみせる奇妙な顔つきを、思い出していた。最初に少し許《ばか》り持った好意は、ふえもしなければへりもしなかった。浮かび上ってくる男の印象を、もっと探ってみる気にはなれなかった。

玄関の戸は、一寸ばかりあいていた。まだ長山の帰る時刻ではないがと、腕の時計をチラと見やった。

「泥棒かな?」

ふと、そんな気にも襲われて、乱暴に戸をあけた。

雨戸を閉め切って、薄暗い儘の部屋の中から、今朝の男の顔がとびだして来た。

「何だ、いたの?」

気抜けしたようにいう信二に、

「ええ、一日じゅう、お留守番をしていました。」

長山は、妙にはっきりした口調で答えたが、信二はその調子にとらわれないで、黙って雨戸をあけた。午後の強い日射しが、信二の机の上に置かれてある一通の分厚い手紙を、一際白く照らし出した。兄の字であった。

「試験は、どうでした?」

何気ない調子で訊ねながら、手紙に手を伸ばした。長山は、信二の質問に、ありありと困惑の色を見せた。

「自信がないんだな。」

咄嗟に思いを廻らすと、信二は、いそいで話題を変えた。自分でも、何かいやな気持に駆られながら、

「さっきは、ちょっとびっくりしました。雨戸はしまっているし、玄関があいている。これは、泥棒でもはいったのかなと思って……」

そう言い乍《なが》ら、不自然に笑った。長山も、同じ調子で笑い返した。

「大丈夫ですよ。今日は、一日じゅう留守番をしていたんですから。」

長山の、その二度目の言葉に、解せぬ思いで、信二は、眉をひそめた。

「一日じゅうって、試験は？」

口にしてから、信二は、少し顔を赤らめた。試験から話題を変えたばかりなのに、今の自分の質問に、我知らず、咎めるようなひびきの加ったのが、妙に忌々《いまいま》しかった。勤めはじめてからは、一のことを十にいう人が多いのを、いやというほど知らされていたのに、またまた、むきになって聞き返したことが、ひどく恥ずかしかった。

「試験は、明日受けます」

「明日？」

意外な答えに、信二はおうむがえしに呟《つぶ》やいた。

「ええ。今日は疲れてるので、一日延ばすことにしました。」

「そんな便利なことが、今は出来るのですか？」

信二の反問は、皮肉になり、棘を帯びてきたが、長山は、先刻の困惑顔など忘れたふうに、怯《おじ》けた色も見せず、ハキハキと説明をはじめた。

「僕たちは、夜間を受けるんです。夜間となると、お勤め人も多いでしょう。試験期日が一日だけだと、受けられない人も出来てきます。それで、土曜日と日曜日のうち、一日だけ受けに行けば、よい訳です。」

聞いてみると、成程と首肯《しゅこう》出来ないこともなかったが、それなら、初めにどうして困った顔をしたのだろうかと、訝《いぶか》しい思いだった。割り切れない気持ちを残しながらも、それを意地悪く口を出すのは、大人げないと思い返すのが、信二の精いっぱいの努力であった。

手製の夕食は、味気なかった。他人がまじっているだけに、豆腐の味噌汁に、キャベツの千切りという膳の上が、何時になく粗末に思えた。

「僕んとこじゃ、何も御馳走が出来なくて悪いな。」

言訳めいた信二の口調に、心なしか頬を弛めた長山は、黙って箸を動かし続けた。信二は、自分の言葉に嫌気がさして、いそいで御飯をかきこんでいた。

「僕が洗います。」

食べおわると、信二の立つのをとめて、長山は、器用に後片付けを始めた。

——この男は、何ものだろう——

再び得体の知れない思いに駆られた信二は、首をかしげながら、兄の手紙の封を切った。手紙には、近いうちに、長山昭三君を上京させること。この学生は、樺太からの引揚者で、両親ともなく、親戚の家から、兄の勤めている工場に通っていたこと。しきりに進学を希望するので、半年ばかり勉強をみてやったこと。余り頭はよくないが、勉強の意思だけは強いので、親戚にも説いて、東京遊学を勧めたこと。東京には、全然知り合いもないから、何かと面倒をみてやってほしいこと。学校と、勤めさきとを探さねばならぬから、信二の家に泊めてもらいたいことなどが、細ごまと、書き並べてあった。

「何だこれは。大へんな用事を、俺におしつけたものだな。」

信二は、兄がおしつけてきた用件に、苦笑が出るのをこらえられなかった。小さい時から、兄という名に安住して、弟の信二に、面倒なことをおしつける癖を黙って受け入れていた自分の惨めな姿が、フッと思い出された。信二の東京遊学中に、父親が死んで学費に困ったときも、この兄は、素知らぬ顔ですましていた。幸い、信二の親友のはからいで、学校を続けることが出来た上に、今の一軒家を構えることも出来たが、それ以来、兄とは、文通するだけの仲になっていた。

——うまくやっている——

兄は、信二のことを、屢々《しばしば》そう表現したが、信二は、その兄を恨むよりも、そうした兄を持っている自分を、憐む気持ちでいた。今更、兎や角といってみてもはじまらないことだった。しかし、その兄にしても、今度の用件は、他人の一生に関する問題だけに、信二には、重すぎる負担だった。

「お勉強ですか？」

「いや。あ、すっかりお客さんを、使っちゃって……」

長山が寄って来たので、信二は、慌てて、とってつけたように、お礼の言葉を述べた。

「お兄さんの手紙、何て書いてあります？」

手元を覗きこんで来た長山の目は、心配そうに光っていた。その様子を見ると、兄の手紙で、その男から聞きたいことが、山ほど出来ていたのに、問い正すのが気の毒に思えて、信二は口をつぐんだ。

——何もかも、試験がすむまで、そっとしておいてやろう——

信二がそう思ったのは、自分が、学校の試験のことで、さんざん苦しんできていたからでもあった。

「明日は休みだから、新宿まで、いっしょに行きましょう。」

信二のその言葉に、長山は、みるからに喜色を浮かべて、急に、快活に喋《しゃべ》りだした。

「やっぱり、お兄さんのおっしゃっていたように、信二さんは、親切ですね。」

にがい顔の信二を無視して、憑かれたように、長山は、喋《しゃべ》りつづけた。

「僕は、この家の戸をあけた途端に、きっと親切な信二さんに、お会い出来ると思っていました。お兄さんだって、まるで手を執るようにして教えて下さったのですから、弟さんが、邪険な筈はないと思いました。

工場の奴等は、『お前なんかが、東京に行けるものか』って、始終言ってましたけど、もう見返してやれます。『東京に行けば、野たれ死にするにきまっている』なんて、随分ひどいことも言われましたけれど、広い東京なら、僕一人ぐらい、何とかなる筈です。いや、石にかじりついてでも、アルバイトをしながら、東京の学校を卒業して、田舎の連中を、口惜しがらせてみせます。信二さんとも、もうお友だちになれましたから、僕の決心がつきました。明日試験を受けたら、すぐに職を探すつもりです。就職ができれば、荷物をとりに帰省しますが、東京で出世するまで、頑張るつもりです。」

信二には、ひとりで興奮している長山の言葉が、ひどく空虚に感じられた。信二さんと呼ばれ、友だちといわれることの、余りな手軽さに、不思議な気さえした。信二が知った言葉と同じ言葉であり乍《なが》ら、まるで意味が違っていることを、悲しく思った。そのくせ、そうした言葉に対して、腹を立ててみる元気がなかった。怒りよりも諦めが支配するようになっている、この頃の信二だった。

「喋《しゃべ》るのは、試験がすんでからにしよう。疲れるといけないから、今日は、早目に寝た方がいいよ。」

信二は、長山と床を並べた。その瞼《まぶた》に、今の道に自分を進ませてくれた、友だちのきびしい顔が浮かんできた。

「今の俺は、学校時代の自分を忘れ去ろうとしている。世の中に歩調を合わせて、生きて行くのが精一杯だ。長山は、どうやらそれを易々とやってのけている。しかしこの長山と親しむことは出来そうにもない。それが出来た時には、自分の生命《いのち》がなくなっているに違いない。魂を失ってまで、世の中と歩みを共にしなければならないだろうか。」

信二は、長山を朝よりは夕方と一歩自分に近づけていることを恥じた。生きることにさえ怠惰になっていた自分を知って、慓然とした思いで、目を閉じた。一方眠りによって自分を追いはらおうさえしていた。

その翌日、信二は道行く人に訊ねながら、新宿にある夜間高校まで、長山を連れて行った。試験が済むまでの間を、何をするでもなく、校庭をブラブラしている信二の姿は、昨日の反省の後だけに、我ながら惨めな気持ちがした。

「俺は、昨日はじめて知った男を、どうしてこうも追いまわしているのだろう?」

そう疑いながらも、結局は、喜色満面の態で出てくる長山が、言葉をかけるまで、ぼんやりと立ちすくんでいた。

「いよいよ、これで東京で生活できます。」

誇らしげにいう長山を、信二は、何かおそろしい思いで眺めやった。

――生活って、どういうことが知ってる?――

口に出かかったその反問を、いそいで抑える信二だった。勤め出して間もない信二にさえ、おそろしいまでの無気力さが、深く根をはりはじめていた。

連れ立って入った映画館では、流行の戦記物を上演していた。日の丸をつけた飛行機が、急に大きく浮かびあがったと見る間に、機首をグイとさげ、アメリカの航空母艦につっこんで行く。轟然と爆音があがり、空母が大きく傾く。スクリーンいっぱいにひろがる、人間の生命のはかない一齣《ひとこま》に、信二は、思わず身を慄《ふる》わせた。しかし、すぐに、館内に響きわたる拍手の音に、自分を取り戻した。隣席では、長山がしきりに手を叩いていた。信二にはこの拍手の音を止めることが出来ないのが、情けない気持ちだった。白けた思いで、やたらに煙草をすった。

「己の正しさを信じて、生命を捨てるということは、美しいことに違いない。だが、殺される相手側も、己の正しさを信じていた筈だ。美しい同士が、何故殺し合わなければならないのか?」

戦争の故だと、簡単に片づけることは、余りに卑怯ではなかろうか。よし、戦争の故だとしても、そこを、もう一歩進めて考えなければなるまい。信二の心は、館内の熱をよそに、段々と冷えて行くばかりだった。

予期したように、長山は、下宿を探そうとする様子も見せなかった。試験の発表が三日後だから、それまで泊めてくれとのばし、三日後に、首尾よく合格すれば、入学式までとのばした。何時のまにか、大きな蒲團づつみが送りこまれ、長山は、信二の沈黙をいいことにして、腰を落ちつけた恰好だった。そして、合格祝いにノートを買ってやった信二に、

「信二さんは、親切ですね。」

と、繰り返して言うことを忘れなかった。そうした長山の態度に、はじめに持っていた好意が、次第に憎悪に変わってゆくのが感じられた。それでも、留守番になるからと思い、今すぐに追い立てるのも気の毒だと、信二は自分を抑えた。一月もすれば、自分から帰って行くだろうと、たかを括る気持ちもまじっていた。それだけに、職業紹介所の斡旋で、長山の職がきまった時には、信二は呆然とするばかりだった。彼のような男の方が、信二のような男よりも、この世の中ではもてはやされるということを、痛い程知った。その長山を、少しでも羨む気持が信二にあるとするなら、その自分を恥じなければならなかった。

長山は、得々として、働く学生の一人となった。

「今に、偉くなってみせる。」

「田舎の奴の、鼻をあかしてやる。」

「学生帽をかぶって、肩で風を切って、田舎の町を歩きまわってやるんだ。」

「学校を出たら、いい所で働けるから、お金も沢山はいるにきまっている。きっと、みんな驚くだろうなあ。」

毎日のように、誇らしげに語る長山の言葉に、信二は、烈しい憤りを覚えていながら、矢張り衝突を避けたかった。もとはといえば兄の口から出たことなのだから、言いにくいことも、兄にいわせる方が、利巧な方法だと思った。自分だけは、いい顔ですませたかった。長山が上京してから、もう一月以上の日が暮れていた。やりきれない思いで、信二は、二日続きの休日を利用して、兄の家にむかう車中の人となった。混みあっている夜行列車で、信二は、眠れない夜をすごした。

汽車を降りた信二は、まっすぐに、海岸沿いにある兄の家にむかった。はじめて会う義姉や、久しぶりの兄に、挨拶も碌にせずに、信二は、愚痴っぽく長山の話をしたが、兄は始終冷やかな顔で、うなづいているだけだった。

「俺には、どうしても長山といっしょにいることが出来ない。お兄さんから話して、出てもらうようにしてくれないか。」

信二が喋《しゃべ》り終ると、兄は、片頬に微笑さえ浮かべて、信二の困惑を嘲るかのようだった。

「お前が迷惑するのは、解るよ。俺も、はじめはあいつを買いかぶっていたが、勉強をみてやっているうちに、頭のわるいことをいやという程知らされて、これは試験にすべるにきまっていると思ったのさ。だから、お前に手紙を書いたんだよ。すべれば東京に居る訳にゆかないもの。だから、泊めるだけ泊めてやれば、俺もお前も顔が立つというものさ。合格したと聞いて、ちょっと驚いたが、あいつの考えているように、東京での暮らしがうまく行く訳はない。世の中って、そんなに甘くはないさ。二月もしたら、自分の方から帰りたいと言い出すに決っている。それまでの辛抱と思ってくれないか。お互いに、ことをあらだてずに、うまくやるにこしたことはない。」

信二は、両膝においていた手が、小刻みに震え始めるのを感じた。兄の言葉にひそむ狡さに、烈しい憤りを覚えると共に、今更のように、自分の卑怯な気持ちを覗かされた思いだった。逃避からは、逃避以外の何ものも生まれないことを、犇々《ひしひし》と感じていた。

「それに、お前は、立派な一軒の家を持っているじゃないか。行ってみたことはないが、どうせ俺の所より広いんだろう。お前は、結婚するまで、自分の家じゃないというつもりだろうが、まだ大分さきの話だろう。二年も三年も、一人で住むなんて、ぜいたくすぎるよ。いつまでもというんじゃなく、二月ばかりのことだから、長山を置いてやってくれよ。」

おし黙った信二の不機嫌そうな顔に、兄は笑いながらつけ加えた。信二は、自分の言い分が、ここでも通用しないことに気がついた。この儘手《ままて》をつかねていれば、自分もまた、世間の方に、ひきずられてゆくばかりだった。長山のように喜んだり、悲しんだりしなければならないだろう。兄のように、笑いながら、人の幸福に、けちをつけて行くようになるだろう。それを思うと、目の前が眞っ暗になる気がした。希望も情熱も失って、世間の老獪さに巻き込まれ、愚痴と不平を連ね、他人の悪口に憂き身をやつすことは、信二には、到底たえられることではなかった。

「ゆっくりしてゆけよ。」

ひきとめる兄や義姉の言葉を振り切って、信二は、汐風のにおいをかぎながら、再び駅へ引き返した。うちよせる波の音だけが、信二の心を和らげてくれた。

「お帰りなさい。疲れたでしょう?」

愛想よく迎える長山の技巧を、信二は、殆ど憎悪をこめて見やりながら、

「今日は、話があるんだけど……」

自分でも、そういう言葉尻が震えるのに気がついていた。いよいよ、この男と対決しなければならぬと思いながら、今までの怒りを抑えるのは、余りに苦しいことだった。

「何でしょうか? お兄さんが、僕のことを心配していたでしょう。」

信二の心にはお構いなく、長山は、いつもの調子を失わなかった。何処から向き合っても、信二とは別の人間だった。

「君の気持が解らなくなったので、はっきり聞いておきたいんだ。」

信二の尖った言葉に、長山は、一瞬暫《しばら》くぶりに、オドオドした顔つきになったが、すぐに狡そうな微笑を浮かべて、

「何でしょう。だしぬけに……」

と、腰をすえた。

「偉くなるっていったけど、どうゆう人になるの？」

「そんなこと、信二さんの方がよく知っているでしょう。最高学府を出られたんだから。」

「最高学府を出たら、偉いのか。」

「ええ。大臣や代議士だって、たいていそうでしょう。みんなもそういっているけど、そうじゃないのですか。」

この調子では、到底埒があかぬと知った信二は、自分の心をきびしく見つめながら、口を切った。長山には、理解されない言葉であると知りながら、そうするよりほかに方法がなかった。

「学校を出るとか出ないとかいうことは、たいした問題じゃないよ。偉いっていうのは、もっともっと尊いものだ。肩で風を切って田舎の連中を見返してやる。そんなことが偉いのなら、この世の中は、偉い奴でうようよしている。歴史に名前がのこるとか、新聞にデカデカと名前がのるとか、大金持ちになるとか、そんなことは、ちっとも問題にならない。僕自身、勤めはじめてから、いい加減堕落してしまったけれど、どうやら君のお蔭で、自分を取り戻すことが出来た。次第々々に、自分の魂が蝕まれて行けば、気がつかないでしまう。しかし、急に、蝕まれた自分を見せつけられると、ああこれではいけないと、気がつく。そのくせ、それに慣れてくると、自分までが、ひどく蝕まれてしまう。僕は、そんなことには、到底我慢が出来ない。僕と君とは、まるで別の人間だ。僕は、君や、君のような世間が、大嫌いだ。」

言い難い言葉を口にだすと、流石に気が楽になった。長山は、青ざめたその顔から、例のオズオズした調子を消し去り、不敵な笑いを浮かべていた。信二が、危うくひきいれられかけた、あの愛想のよい顔は、もう何処にも見られなかった。

「お兄さんに言ってやる。」

「信二さんは、ちっとも親切じゃない。よくそれで勤めていますね。」

「信二さんは、変人だ。」

長山は、少しでも信二の心を切り崩そうと訴えてみたり、声を大きくしてみたりしたが、それが何の効果もないと知ると、さんざん、厭味を並べたてた。それにさえ、信二は、頑なに取り合わなかった。

「出て行くにしたって、お金がなくっちゃ。それも、少くては何もならないし……」

長山のその言葉に、信二は、とうとう、くる所まで来たと思った。長山に、金を与える義理合いはなかったが、信二の考え方からすれば、お金を問題にすることさえ、堕落のはじまりの筈だった。黙って、自分の給料の三分の一を占める三千円を、長山の方におしやっていた。

「今に偉くなって、信二さんを見返してやる。この金を、十倍にして返してやる。」

長山の捨て科白を、信二は、悲しい気持ちで聞いていた。心の中で、長山は、信二の金を巻きあげたことで、凱歌をあげているだろう。世間が、信二の行動を、馬鹿げたことだと、笑っているかも知れない。けれども、そんなことが、今の信二にとって、問題の答えになる資格はなかった。信二は、長山の後姿を、じっと見守っていた。


信二は、その翌朝、夜の明けきらぬうちから床をぬけだして、庭一面に、これみよがしにはびこっている雑草を刈りとっていた。逞しい生命をしいたげている気持ちに咎められもしたが、美しい花を植えるためには、これが当然のことだと思った。折柄の朝日が、刈りとられて行く草にたまっている夜露を、キラリと照らしていたが、手を動かしている信二の額では、汗の水玉が、それよりも鮮やかに光っていた。

あとがきにかえて

岡橋　優子

父、岡橋隼夫は実に面白い人でした。また記憶力に優れていて、私がすぐ忘れてしまうような内容を鮮明に覚えており、晩年病んでからも、この頃忘れやすいと言いながら、看病する私達以上の記憶力を発揮することがよくありました。

父が生まれたのは昭和2年。今回収録の作品は戦後10年程までの時期に書かれたもので、「昭和」初期の言葉です。年もその頃はまだやっと30というところでしょうか。

「それぞれの春」では、1944年（昭和19年）12月7日の午後1時36分に起きた巨大地震の様が述べられています。熊野灘震源の遠州沖地震は、マグニチュード7.9と言われるプレート境界型の地震でした。東海地域の軍需工場が壊滅的な打撃を受けたといわれています。戦争が激化していたこの時代は統制下であったため、自然災害や大規模な事故などについての情報が国民に知らされるのが大変遅れたと聞いています。

父は出版社に勤め、長く編集に携わりました。本・雑誌の編集長、校正室長を務めた後に「ことばの出版社」を起業し、引退しています。校正部の頃から晩年までに、何冊かのことばの本と歴史の本を執筆・出版しました。

昭和ひとケタ世代だった父は、若い頃は片道1時間半かけて会社に通うサラリーマン人生を送りました。どこにでもいる人間ですが、生い立ちはなかなか非凡かもしれません。

父の父（つまり祖父）は、戦後財閥解体の折、それまで勤めていた保険会社で、民間初の取締役に抜擢されています。当時としてはめずらしく、1921年（大正10年）に大学で法律を修めたことも背景にあったのではと推察します。祖父は愛する妻と五人の子宝に恵まれ、日本各地を転勤、欧州や外地にも赴き、出世します。さあこれからだと家族の期待を集めたことでしょうか。しかし、就任間もなく、多忙を極めていた祖父は、東京から大阪方面に戻る満員電車で発疹チフスをうつされて、1946年（昭和21年）3月にあっけなく急死してしまいます。年金も、退職金も、見舞金も、制度化などしていない時代です。父も含め家族の生活は一変しました。

祖父は長男でしたが、仕事に本腰を入れていた彼は、亡くなった時には、実家と稼業を次男にすでに譲っていました。

いろいろとありましたが、葬儀は社葬と聞いています。また、妻（父の母）も後を追うように他界しています。膵臓とも、広島原爆後の知り合いの治療に向かった際の後遺症とも言われ、はっきりとした死因はわかりませんが、大変な心労であったことは想像に難くありません。

姉妹と2人の兄はそれぞれ就職・学業と苦しい中も身を寄せ合いながら生計を立て直しています。一方、離れて学業に臨んでいた父は、昭和20年冬に親友の死、昭和21年春に父の死、昭和22年に母の死を目の当たりにし、一時帰宅から戻っても日々の生活も立ち行かぬ中で、学生生活を一度は断念しようと思ったようです。

このような困難に会いながらも、父が高等学校を無事卒業し、大学も中退せず済んだのは、高等学校の親友の遺志が、強い強い推進力となったからです。

その親友は、彼の両親が死去する前の戦争直後に、今でこそ完治する病である「肺結核」で命を落としています。共に大学に行きたいという友の苦しみを目の当たりにし、生きることや命の大切さを痛感したようです。何回も家を越している父ですが、自身の学生時代の恰好の良い写真が残っていなくても、その親友の写真が残っているところをみると、どんなに大切な友人であったかが良くわかります。また、友人の母を大切に思い、亡くなられるまで、手紙を欠かさず書いていたそうです。

さて、次に、父の人となりを少し語ってみます。

父は法科卒業のためなのか、機械にはめっぽう弱い人間で、テレビをはじめ家電の買い物や設定も電気店まかせで、決済にお墨付きを与えることが、家長としての仕事でした。妻が電気プラグの修理を、義父（妻の父）がドアの修理やベンチ作り、庭木の剪定《せんてい》をしていました。子ども達はというと、父親が暇そうであれば相撲や肩車などをねだるものの、そういつも機会はありませんでした。

広島の厳島神社を背景にした家族写真。筆者は当時一番幼く、毛糸の帽子にダブダブのオーバー。一番下の妹は誕生前。（昭和７年２月１日撮影）

私は父の子どものひとりですが、文字を書けるようになり、少しはまともに話すようになってから、ようやく相手をしてもらえるようになりました。

父親が本の仕事をしていますから、とにかく本には恵まれています。本だけでなく私の世代では親が毛嫌いしていたマンガも、当時としてはふんだんにありました。幼稚園時分から「小学一年生」や「りぼん」やら、父の担当したことのある手塚先生のアトムや孫悟空、ジャングル大帝、横山先生の鉄人二十八号などと、いろいろな本が家にありました（わが家の本を、みんなぼろぼろにした犯人は私です。ごめんなさい）。

父の小説の土台のほとんどは、私が2、3歳から小学校低学年の間に書かれたものです。

しかし、なかには結婚する前の就職したての頃のものもあって、今回収録したものはこれらの最も古い部類となります。

1964年（昭和39年）に周囲の景観と遠藤周作先生の当時のお住まいが近いということもあって町田市に新居を構えました。

父は、日曜の午前中に新居の書斎にこもってスクラップの整理や小説書きをしていました。

左は昭和23年1月5日に、右は昭和22年8月に撮影された写真

昭和40年代中盤に差し掛かった時に、父の勤める会社の土曜が半ドンとなり、土曜日の午後も、書斎に籠るようになりました。母が父の書斎に、日本茶を運ぶ時間は大体決まっていたと思うのですが、その時間はもう覚えていません。一方、パイロットの青いインク瓶と万年筆がいつもあり、小説が出来上がると父が読んでくれたことがあったことは記憶に残っています。

せっかく読んでくれたものの（時には読み方の練習だとばかりに読まされたりもしたのですが）、その時点で私は「大して面白くもなく」と言いますか「ほとんど内容などわかっておらず」（小学校にも入ったかばかりなので当り前と言えば当たり前なのですが）淡々と聞かされる側となっておりました。

読み終わると、母がなんだかんだと少しばかり口を挟むのですが、父は終《しま》いには、「経験していないものを書くのは難しいなあ」ということで、父が残したのはほとんど自伝ともいうものを書き溜めてあるものとなったようです。昭和40年代のものをまとめる機会が頂戴できれば、また御覧いただけるかもしれません。

驚いたことに、私がＳＦに夢中だったころに、父はＳＦにも挑戦しています。こちらはちょっと理系の人間から見てＳＦなのか？　という点で悩ましい内容でしたが、トライしたことには敬意を表しています。

小説以外の、ことばの話については出版していないものがまだあるようなので、出版の機会があれば編纂できればと思っています。

さて、残された側がいつまで生きられるか、どなたかが見ていて下さると幸せです。

なお、最後ですが、この本の編集には本の出版社の永田弘太郎さんに、また発行やカバー作成にあたっては書苑新社の鈴木孝さんにご尽力いただきました。ありがとうございました。

筆者系譜

1927年（昭和2年）8月14日　鹿児島市に生まれる（父の治祐が鹿児島支店長をしていた）

その後、父の転勤でソウル（?）に一時滞在

1934年（昭和9年）4月　広島県袋町小学校入学

父の転勤で愛知県へ転居

1940年（昭和15年）3月　愛知県名古屋市東白壁小学校卒業

1940年（昭和15年）4月　大阪府旧制天王寺中学入学・剣道部所属

1944年（昭和19年）3月　天王寺中学卒業（飛び級による四修卒）

1944年（昭和19年）4月　愛知県の旧制第八高等学校入学（37回生）

1947年（昭和22年）3月　旧制第八高等学校文科乙類卒業

1947年（昭和22年）4月　東京帝国大学法学部入学

1950年（昭和25年）3月　東京大学法学部卒業（帝大3年制に合わせての卒業）

1950年（昭和25年）光文社に入社。編集部に配属され少女雑誌、女性雑誌他編集

1961年（昭和35年）結婚

1962年（昭和37年）長女の誕生
1964年（昭和39年）次女の誕生
1965年（昭和40年）昭和40年代半ばに校閲部に移り校閲部室長。新書のカッパブックスの他に、文庫、週刊誌、月刊誌、ファッション誌も含め全盛の時代、さまざまな出版物に携わった
1973年（昭和48年）6月22日〜7月6日　社員旅行でヨーロッパへ行く
1988年（昭和63年）8月　光文社定年退職
1989年（平成元年）ことばの探偵社設立
2001年（平成13年）頃、脳内出血で一時半身不随、発見が早くリハビリ後苦労したものの文字を書けるようになり、歩行についても回復
2011年（平成23年）10月　肺がんステージIII－VIと診断。治療開始
2017年（平成29年）1月13日（金）自宅で家族に見守られ逝去

著書
1986年（昭和62年）『ことばの探偵社　本日開店！』はまの出版

1987年（昭和63年）　『ことばの探偵社－2　春夏冬二升五合《あきなくますますはんじょう》』はまの出版
　　　　　　　　　　『ことばの探偵社－3　古典ヲ冒《オカ》ス』はまの出版
　　　　　　　　　　『忘れられた「日本意外史」1　源氏と平家』はまの出版
　　　　　　　　　　『忘れられた「日本意外史」2　後醍醐天皇の右往左往』はまの出版
1989年（平成元年）　『日本語探検　「おや？」と驚く、まちがい発見』光文社
1991年（平成3年）　『日本語解剖　ことばに隠された歴史が甦《よみがえ》る』光文社
1995年（平成7年）　『こちら日本語校正室』光文社
2003年（平成15年）　『大いに日本誤《にほんご》を語る』新風舎（井中蛙の名で）

それぞれの春
２０１９年３月31日発行
著　者　岡橋　隼夫
編　集　岡橋　優子
発行者　鈴木　孝
発行所　株式会社書苑新社
〒１７０-０００５
東京都豊島区南大塚１-33-１
電話０３-３９４６-０６３８
印刷・製本　株式会社厚徳社
定　価　１８００円＋税

ISBN978-4-88375-347-5 C0093 ¥1800E